人间失格

[日] 太宰治 著　　田原 译

浙江文艺出版社
Zhejiang Literature & Art Publishing House

太宰

人間失格

グッド・バイ　太宰治

本书根据1948年日文筑摩书房版经典底本译出

目　录

序　曲

　　我曾看过那个男人的三张照片。

　　第一张照片应该是他幼年时代的吧，估计也就十岁前后。这个男孩被很多女人围着（不难想象出是他的亲姐妹，或是堂姐妹），他穿着粗条纹裤裙，站在庭园的水池边，头向左歪了大约三十度，露出难看的笑容。难看？即使反应迟钝的人（就是说对美与丑毫无感觉的人），也会以一副无所谓的表情说出"这男孩儿真可爱啊"这种敷衍的客套话，也不至于让人觉得是虚情假意的恭维。从这男孩儿的笑脸上，也不是看不出人们常说的"可爱"之处。不过，若是对略微有点审美眼光和经验的人来说，只要瞅上一眼这张照片，说不定就会不怀好感地小声嘀咕"啊，这孩子真的讨人嫌"，甚至会像抖落身上的毛毛虫一样，随手将照片扔得远远的。

不知为何，照片上这个孩子的笑脸越看越令人生厌。那根本就称不上笑脸。他的表情没有一丝笑意，那紧握的双拳是最好的佐证。因为一般而言，人是不会一边握拳一边微笑的，除非是猴子，那是猴子的笑脸。脸上布满丑陋的皱纹。如此难看、奇怪无比、让人看了很不舒服的表情，谁见了都会情不自禁地想说："这个满脸皱纹的孩子。"我从未见过表情这么怪异的孩子。

第二张照片上的脸，已经发生了惊人的变化。一身学生打扮。虽分辨不出是高中生，还是大学生，总而言之，是一位相貌英俊的学生。但同样不可思议的是，从他身上一点儿也感觉不出活着的人味。他身着学生服，胸前的口袋里露出白手帕，双腿交叉坐在藤椅上，依旧面带微笑。但这次的表情已不是猴子满脸皱纹的笑容了，而是变成颇有技巧的微笑，可又与一般人的笑相去甚远。不知是该说他缺乏血的凝重，还是缺乏生命的活力，总之没有一点活着的充实感。不是像鸟一样，而是如鸟羽之轻，只是在一张白纸上，笑着。反正彻头彻尾给人一种做作感。说他装模作样，说他轻浮，说他娘们气，甚至说他时髦，都不足以表达对他的形容。仔细端详时，从这位英俊的学生身上，你会感受到类似鬼怪故事的毛骨悚然。迄今为止，我还从未见过表情如此怪异的英俊青年。

第三张照片最为古怪，完全无法估测他的年龄。头发略显花白，那是在脏乱不堪的房间一隅（照片清楚地拍出室内墙壁有三处剥落），他的双手伸向小小的火盆取暖。这次他没有笑，面无表情。他坐着，双手伸向火盆，像自然死去了一样，照片上弥漫着不祥的气氛。奇怪的不只这些，由于照片把他的脸拍得很大，因此我得以仔细端详那张脸的轮廓。无论是额头、额头上的皱纹，还是眉毛、眼睛、鼻子、嘴巴和下颏，看起来都平常无奇。这张脸不只是毫无表情，更不会给人留下任何印象。比如说，当我看完照片合上眼，这张脸就被我忘得一干二净了。虽然还记得房间内的墙壁、小火盆，但对于房间内主人公的印象，却烟消云散，怎么也想不起来。那是一张无法画成画的脸，甚至连漫画也画不成。睁开眼睛看过后，我甚至不会产生"啊，想起来了，原来长这模样啊"这样的愉悦感。用更极端的说法，即使睁开眼再看这张照片，也不会想起那张脸，只会变得愈发不愉快和焦虑，最终只好移开视线。

　　即使是所谓的"死相"，也应该比这张照片更有表情、更让人印象深刻吧，这照片也就是把马头安装在人身上的这种感觉吧。总之，这张照片会让看到的人莫名地毛骨悚然，心情变坏。迄今为止，我从未见过长相如此怪异的男人。

第一手记

我以往的人生中，羞耻无数。

对我来说，人类的生活无从捉摸。因为我出生在东北乡村，长大后才第一次看到火车。我在火车站的天桥上爬上爬下，完全没有察觉到它是为了横跨铁轨而建造的，只是觉得站内复杂而又有趣的构造，像国外的游乐场一样是为了追求时髦。很长一段时间我都这么想。沿着天桥上上下下，对我而言是颇为时尚的游戏，也算是铁路公司提供的服务里最令人满意的。后来，当我发现那不过是为了方便乘客横跨铁路建造的实用性楼梯时，突然觉得索然无趣。

此外，小时候我在绘本上看过地铁，一直认为那不是为了实用而建造的，而是由于一个好玩的目的——比起在地面上坐车，地下的车更别出心裁、更有趣。

我从小就体弱多病，常卧床不起。我常常躺在床上，想床单、枕套、被套这些单调乏味的装饰品。直到快二十岁时，才突然明白，这些都是生活中很必要的实用品，于是，不禁为人类的俭朴而悲从中来。

还有，我不知道饥饿的滋味是什么。这并不意味着我出生在衣食无忧的家庭，也不至于本就愚蠢，只是真的对饥饿感毫无知觉。这样说听起来蛮奇怪的，但就算我饥肠辘辘，也真的感觉不到肚子饿。在上小学和中学时，每次放学回到家里，周围的人就会七嘴八舌地说道："肚子饿了吧？我们都记忆犹新呢，放学后肚子饿的难受劲儿。吃点甜纳豆怎么样？还有蛋糕和面包呢。"而我也会乘机发挥喜欢讨好人的秉性，小声说着"肚子饿了"，然后把十几粒甜纳豆塞进嘴里。可是，肚子饿到底是何种感觉，我一点都不知道。

当然，我也很能吃。但几乎没有因饥饿而吃的记忆。我吃众人眼中的山珍海味，以及奢侈的大餐。还有，到别人家做客时，主人端上来的饭菜，就算我不喜欢也会忍着吃下。对于小时候的我而言，最为痛苦的时刻莫过于在自己家吃饭。

在乡下的家里，每次用餐时，全家十几口人围着餐桌迎面而坐，饭菜摆成两列，我身为家中老小，坐在最靠边的末座。用餐的房间灯光昏暗，午餐时，全家十几口人一声不吭吃饭的光景，让我不寒而栗。加之我家又是一个古板守旧的乡下大家庭，每顿饭菜几乎一成不变，别指望会有什么山珍海味和奢侈大餐，久而久之，使我对用餐时间充满恐惧。我坐在昏暗的餐桌旁，因寒冷而浑身打战，一点一点地把饭菜塞进嘴里，不由得在心中暗暗想：人为什么每天非得吃三餐不可呢？每个人用餐时都板着脸，仿佛在履行某种仪式。全家老小一日三餐，在规定的时刻聚集在昏暗的房间里，井然有序地摆好饭菜，不论是否想吃，都会低着头一声不吭地嚼着饭粒，仿佛是向潜伏于家中的亡灵进行祈祷的一种仪式。

"人不吃饭就会死"这句话在我听来，无异于一种讨厌的恐吓。可是，这种迷信（即使到今天，我依然觉得它是某种迷信）却总是带给我不安与恐惧。因为人不吃饭就会死，所以才不得不工作，不得不吃饭。对我而言，再没有比这句话更抽象难懂、更带有威胁性的了。

总之，我对人类的行为仍迷惑不解。自己的幸福观与世上所有人的幸福观迥然不同，这种不安让我夜夜辗转难眠，低声呻吟，几近发狂。我究竟算不算幸福呢？实际上，我小时候常常被人说成是有福之人，但我总觉得自己深陷地狱，反而是那些说我有福的人，远比我活得快乐。

我甚至觉得自己背负着十大灾祸，若将其中的一个交给旁人来背负，恐怕都会将其置于死地吧。

总之，我搞不懂。旁人痛苦的性质与程度，都是我永远捉摸不透的。实际的痛苦，仅靠吃饭就能解决的痛苦，也许才是最惨烈的痛苦，是足以将我的十大灾祸吹散的、极度凄惨的阿鼻地狱①吧。可我不明白是否真的如此，他们竟然不去自杀，不去发疯，谈论政治又不绝望，不屈不挠地与生活持续搏斗，不是也不痛苦吗？他们变成彻底的利己主义者，并视其为理所当然，不是也从没怀疑过自己吗？若是这样，倒是轻松。然而，所谓的人真的就如此满足了吗？我不明白。……他们不是夜间酣然入睡，早晨起来神清气爽吗？都做了哪些梦呢？他们会边走路边想什么吗？是钱吗？不可能只会是这样吧？尽管我好像听说过"人为食而生"，但从未耳闻过"人为钱而活"。不，虽然存在因事而论……不，我还是弄不明白。……越想我就变得越是糊涂，最终使我陷入类似于古怪人的不安与恐惧之中。我几乎无法与旁人交谈，因为我不知道说什么，该说些什么。

于是我想出了一招，那就是搞笑。

那是我对人类最后的求爱。尽管我对人类极度恐惧，却怎么也无法对人类死心。于是我借着搞笑这一条线，与人类保持了一丝的联系。表面上我不断地装出笑脸，内心却竭尽全力，在千分之一的成功率下，谨小慎微、汗流浃背地效劳于人。

从小，就连自己的家人，我也猜不出他们有多么痛苦，脑子里在想着什么，我只是时常感到害怕，无法忍受那种尴尬，因此变成了搞笑高手。也就是说，我在不知不觉中变成了一个

---

① 阿鼻地狱，出自梵语，"八热地狱"中最为残酷的地狱，又称"无间地狱"。

不说一句真话的孩子。

看我当时和家人的合照就会发现，其他人都是一脸正经，唯独我莫名其妙地笑歪了脸。这也是我既幼稚又可悲的一种搞笑方式。

而且，无论家人对我说什么，我从不顶嘴。他们寥寥数语的责备，都会让我感觉如晴天霹雳一样强烈，使我几近发疯，更别说顶嘴了。我甚至觉得他们的责备一定是人类千古不变的"真理"，我缺乏去实践这种"真理"的能力，因而无法与人类相处。所以，我既无力反驳，也无法为自己辩解。一旦被别人恶言相向，我便觉得别人言之有理，都是自己的错，总是默默地承受别人的攻击，内心感到快要发疯的恐惧。

无论是谁，受人责备或训斥时，心里都会感到不是滋味，但我能从人们暴怒的脸上，发现比狮子、鳄鱼、巨龙还要可怕的动物本性。平常他们说不定都隐藏着这种本性，可一有机会，他们就像温顺地卧在地上歇息的牛，会突然甩动尾巴拍死肚皮上的牛虻一样，在暴怒中暴露出人可怕的本性。看到这一幕，我总是吓得浑身打战。可一旦想到这种本性说不定也是人类活下去的手段之一，我便对自己彻底绝望。

对于人类，我总是恐惧得颤抖。而身为人类一员，我对自己的言行也毫无自信。我总是将自己的懊恼密藏在心中的小盒里，一味地掩藏起自己的忧郁和敏感，伪装成天真无邪的乐天派，渐渐地把自己塑造成一个搞笑的怪胎。

怎么样都行，只要能把人们逗笑。这样一来，即使我置身于人们所谓的生活之外，也不会引起他们的注意。总之，我不能成为阻挡他们视线的障碍。我是"无"，是"风"，是"空气"。这样的想法愈演愈烈，我只能用搞笑逗家人开心，甚至在比家人更令我费解、更可怕的男佣和女佣面前，我也拼命地为他们提供搞笑服务。

夏日，我在浴衣里面套上一件红毛衣，在走廊上走动，逗得家人笑声阵阵，甚至连平时不苟言笑的大哥见了，也忍俊不禁，用充满爱怜的口吻说："小叶，这样穿太不合时宜啦。"是啊，我当然不是那种不分冷热，在炎夏穿着毛衣四处走来走去的怪人。其实，我是把姐姐的绑腿缠在了双臂上，让它从浴衣的袖口露出一截，让他们以为我身上好像穿了一件毛衣。

父亲在东京有很多公务，在上野的樱木町拥有别墅，每个月的大半时间都在东京的别墅里度过。回老家时，总喜欢给家人和亲戚买回很多礼物，这好像是父亲的嗜好。

有一次，父亲在赴京前，把孩子们召集到客厅，笑着问每个孩子，下次回来时想要什么礼物，并把孩子们的要求一一写在记事本上。父亲对孩子们如此亲切，真是罕见。

"叶藏呢？"

被父亲这么一问，我一下子无言以对。

一旦被人问起想要什么，刹那间，我反而什么都不想要了。一个念头闪过脑海——什么都行，反正这世上没有让我快乐的东西。同时，别人送给我的东西，无论多么不合我意，我也不会拒绝。对讨厌的事不能说讨厌，对喜欢的事情也像行窃一样战战兢兢，从而在极度苦涩的滋味和难以言表的痛苦中苦闷得不能自拔。总之，我缺乏在喜欢与厌恶二者之间的选择能力。我想，多年来，恰恰是这种性格，才是造就我所谓"羞耻无数"的人生的重要原因。

见我扭扭捏捏一声不吭，父亲一脸不悦地说：

"还是要书吗？浅草的商店街有卖新年舞狮的狮子面具呢，大小很适合小孩戴在头上玩，你不想要吗？"

一旦被问到"你不想要吗"，我只能举手认输，再也无法用搞笑的方式回答。作为一位搞笑演员，我已经彻底落榜。

"还是书好吧？"大哥一脸认真地说道。

"是吗？"父亲一脸扫兴，连写都不写，啪的一声就合上了记事本。

这是多么失败啊，我竟然惹怒了父亲。父亲的报复肯定很可怕。如果不趁着现在想对策，可能就无法挽回了。当天夜里，我躲在被窝里直打哆嗦，总惦记着这件事，然后我悄悄起身来到客厅，打开父亲刚才放记事本的抽屉，取出记事本，哗啦哗啦地翻到他写过礼物的那一页，舔了一下铅笔，写上"狮子舞"后，又返回被窝睡觉了。其实我一点也不想要什么"狮子舞"面具，想要的反倒还是书。可是，我觉察到了父亲想送我"狮子舞"面具，为了迎合父亲的心意，讨他开心，我才胆敢深夜冒险潜入客厅。

果然，我的这招非常手段，如愿获得了巨大成功，得到了回报。不久后，父亲从东京回来，我在自己的房间里听到父亲大声对母亲说道：

"我在商店街的玩具店里打开记事本一看，本子里竟然写着'狮子舞'。嗯？不对，这可不是我的字迹。我歪着头纳闷了一会儿，立刻想到是怎么回事。这分明是叶藏的恶作剧嘛。这孩子，先前我问他时，他笑着默不作声，事后却又想要了。真是个怪孩子啊。他假装什么都不要，却又工工整整地写在本子上。既然这么想要，直接告诉我不就行了吗？我在玩具店看到后都忍不住笑出了声，快把叶藏叫过来吧。"

我还会把男佣和女佣召集到房间里，让一位男佣坐在钢琴前乱弹一通（虽然是在乡下，但家里该有的都配得很全），我则伴随着那乱七八糟的曲调，跳起了印第安舞，逗得大家捧腹大笑。二哥打开镁光灯，拍下我的印第安舞姿，等照片洗出来一看，发现腰布的缝合处（其实是一块印花的包袱罩），竟露出了我的小鸡鸡，又惹得全家人哄堂大笑。这或许说得上是一次意外的成功吧。

每个月我都会购买十几种刚刚上市的少年杂志，另外，我还从东京邮购各种书籍，默默阅读，所以对"怪异问答博士""什么东东博士"①我都如数家珍。还有怪谈、讲谈、落语、江户趣谈②之类的也样样精通。所以,我常常一本正经地说些笑话,逗大家哈哈大笑。

然而,呜呼,学校!

我在学校里颇受人尊敬。"受人尊敬"这种观念本身就令我发怵。它几乎完美地欺骗了周围所有的人,然后又被聪明绝顶的人识破,被粉碎得体无完肤,羞耻得生不如死,这是我对"受人尊敬"这一状态的定义。即使靠欺骗赢得了众人的尊重,肯定也会有人看穿这种伎俩。不久后,当人们从此人的口中了解到真相,发觉自己受骗时,那些人的愤怒和报复将会是什么程度呢?单是稍加想象,我就不由得毛骨悚然。

我在学校里受人尊敬,并不是因为出身于富人家,更多是得益于俗话所说的"聪明"。我自幼体弱多病,常常休学一个月、两个月,甚至曾因病在家卧床近一学年。尽管这样,我还是拖着大病初愈的身子,搭乘人力车去学校参加期末考试,而且比班上所有的同学都考得好。即使在身体状态好的时候,我也毫不用功,去了学校,也只是不停地在课堂上画漫画,下课休息时拿给同学们看,讲给他们听,逗大家笑。作文课上,我

① 两位博士都是《少年俱乐部》杂志(已停刊)里的人物。

② 四者都是日本传统表演艺术。怪谈类似说书,专讲民间鬼怪故事;讲谈类似演讲,多讲真实历史故事,语言诙谐;落语是用逗人的语言讲述复杂故事;江户趣谈类似较短的落语,多讲小笑话、小故事。

总是写一些滑稽的故事，就算被老师警告，也照写不误。因为我知道，老师正悄悄地以阅读我写的滑稽故事为乐呢。有一天，我依旧以凄惨的笔调，描写了母亲带着我去东京途中的丢人经历。途中，我把火车内通道上的痰盂当成了尿壶，把尿撒在了里面（其实，在去东京时，我并不是不知道那是痰盂，而是为了炫耀孩子的天真无邪，才故意这么写的）。交了作文后，我深信老师看了肯定会发笑，于是就悄悄跟在走向办公室的老师身后。只见老师一出教室，就从班上同学的一摞作文中挑出我的，开始在走廊上边走边看，还不时发出嗤嗤的笑声。不一会儿，老师走进办公室，大概是正好看完了吧，只见他满脸通红，高声大笑，还随手拿给其他老师看。看到这一幕时，我不由得心满意足。

淘气鬼。

我成功地扮演了别人眼中的淘气鬼，成功地摆脱了"受人尊敬"的束缚。成绩单上我所有的学科都是满分 10 分，唯独品行要么是 7 分，要么是 6 分，而这一点也成了家人的笑料。

其实，我的本性与淘气鬼正好相反。那时，我已经从男佣和女佣身上领教了何谓可悲，并遭到了他们的侵犯。我至今仍觉得，对年幼的孩童做出这种事是人类所犯下的恶行中最为卑劣、最为丑恶、最为残酷的罪孽。可我还是容忍了这一切，甚至还觉得自己看出了人类的另一种特质，我只能无力地苦笑。倘若我有养成说真话的习惯，那么，或许我会毫不胆怯地向父母控诉他们的罪行吧，但我又不完全了解自己的父母。控诉他人也不会得到好的结果。无论是诉诸父母，还是诉诸警察，抑或政府，最终不是仍然败给那些老谋深算者的冠冕之词吗？

世间的不公平是必然存在的，我十分清楚。归根结底，诉诸他人终究都是徒劳。我只能不言真话，默默忍受，继续搞笑。

也许会有人嘲笑我："什么呀，你的言下之意是不相信人类吗？你什么时候变成基督徒了？"但我认为，对人类的不信任，未必就意味着我走向宗教之路。现在，包括嘲笑我的那些人在内，人类不都是彼此相互怀疑着，丝毫不把耶和华放在心里，若无其事地活着吗？同样是我小时候的事，父亲所属政党的一位名人来到我们镇上演讲，家中的男佣带我去剧场听。剧场内座无虚席，镇上与父亲关系亲近的人几乎全都赶来捧场，并用力地鼓掌。演讲结束后，听众三五成群地沿着夜晚的雪道回家，大家议论纷纷，把今晚的演讲贬得分文不值，其中也掺杂着与父亲过从甚密者的声音。父亲那些所谓的"同志们"用近乎愤怒的语气，批评父亲的开场致辞如何如何拙劣，那位名人的演讲更是多么的语无伦次、不知所云等等。之后，那帮人顺道来到我家，坐进客厅，脸上便堆满笑容，对父亲说今晚的演讲太成功了。就连母亲向男佣们问起今晚的演讲如何时，男佣们也都假惺惺地说："讲得太有趣了！"可是，刚刚在回家的路上，这些男佣明明还互相哀叹："再也没有比演讲更无趣的事了！"

而这仅仅是其中一个微不足道的例子而已。彼此欺骗，却又神奇地彼此毫发无伤，就像没有察觉到互相欺骗一样，这种显而易见、通透明朗的不信任案例，在人类的生活中比比皆是。不过，我对互相欺骗这种事没有太大兴趣，因为我自己也是从早到晚借着搞笑来欺骗人。我对于品德课本上正义和道德什么的也漠不关心。我实在难以理解那些彼此欺骗，却又能通透明朗地活着，以及有信心活下去的人。人类最终没能让我学会其中的奥妙。如果我领会了这些奥妙，就不会如此畏惧人类，也不会拼命去讨好他们，更用不着与人类的生活对立，夜夜饱受地狱般的痛楚折磨了吧。总之，我之所以没有向任何人控诉男佣女佣造的孽，并不是出于我对人类的不信任，当然也不是因为基督教义，而是因为人们对名叫叶藏的我紧闭上了信任的大门。就连我父母也时常向我展现他们令人费解的一面。

　　然而，那种无法向任何人诉说的孤独气息，却被众多女性本能地嗅出，这也是多年后，我常常被女人乘虚而入的诱因之一。

　　也就是说，对于女人，我是一个能守得住恋爱秘密的男人。

第二手记

在海浪冲刷的近海岸边，并排挺拔着二十多棵高大粗壮的黑树皮的山樱。每当新学年开始，山樱便与看似黏稠的褐色嫩叶一起，以蔚蓝色的大海为背景，绽放出绚烂的花朵。不久，到了落英缤纷的时节，花瓣便会大量地飘落大海，镶嵌在海面上随波荡漾，然后再次随波浪涌向海岸边。东北地区的某所中学，直接把长着樱树的沙滩当作校园来使用。我虽然没怎么用功备考，却顺利地考进了这所中学。无论是这所中学校帽上的徽章，还是校服上的扣子，上面都印着盛开的樱花图案。

这所中学的附近有我家的一个远房亲戚，或许是这个原因，父亲为我挑选了这所毗邻大海和开满樱花的中学。我寄宿在那位亲戚家里，因为离学校很近，每天都是听到学校晨训的钟声后，才飞奔到学校。我虽是一个相当懒惰的中学生，但凭靠自己搞笑的本领，在同学中的人气日益攀升。

这是我有生以来第一次离开家生活，但在我看来，生活在他乡远比在自己的故乡活得更轻松自在。或许也可以这样解释：我搞笑的本领已逐渐得心应手，欺骗人时已不像以往那么费劲了。不过，面对家人与外人，身在故乡与他乡，因人与场所的不同，都难免会存在演技上的难度差异。即使对于盖世天才，包括上帝之子耶稣在内，这种难度上的差异也在所难免。对于演员而言，最难施展演技的场所莫过于自己的故乡剧场，尤其是在所有的亲戚集聚一堂的情况下，哪怕是再有名的演员，想必也很难发挥自己的演技吧。我却一路表演下来，而且取得了很大成功。所以像我这样的老江湖，在他乡表演，自然是万无一失的。

我对人类的恐惧，跟以往相比，有过之而无不及，它在我的心中剧烈地蠕动，而且我的演技日渐长进，常常在教室里逗得同学们笑声一片，连老师也一边感叹"这个班要是没有大庭，该会是多好的班啊"，一边用手捂着嘴笑。甚至那位嗓门如雷的驻校军官，我也轻而易举地逗得他喷口大笑过。

当我正要为完全掩饰自己的真实面目而暗自庆幸时，意想不到地被谁的手指从背后戳了一下。那名从背后戳我的男子，相貌普通，在班里身体最为瘦弱，脸色苍白略带浮肿，总是穿着像是父亲或哥哥穿过的旧上衣，衣袖又宽又长，仿佛圣德太子①。他的功课一塌糊涂，在军训和上体操课时，总像白痴一样站在一旁观看。就连我也觉得根本没必要提防他。

有一天上体育课的时候，就是那个叫竹一的同学（记不清他姓什么了，只记得名字叫竹一），依旧站在一旁观看我们练习单杠，我故意装得一脸严肃，高叫一声："看我的！"像跳远一样朝单杠纵身一跃，结果却"扑通"一声，一屁股跌坐在了沙滩上。这一次失败全是我事先算计好的，果然引得大家捧腹大笑，我自己也苦笑着，拂去裤子上的沙子爬了起来。这时，竹一不知何时已悄然来到我旁边，捅了捅我的后背，小声说：

"故意的，故意的。"

我非常震惊，完全没想到，竹一竟然识破了我假装失败的真相。那一刻，我仿佛看见世界在一瞬间被地狱之火笼罩着，在眼前熊熊燃烧。我竭尽全力克制住了险些"哇！"地大叫出声的疯狂。

从那以后，我每天都生活在不安与恐惧之中。

表面上，尽管我依然扮演着可悲的滑稽角色来博取众人一笑，有时却情不自禁地发出深沉的叹息。一想到我不论做什么，都会被竹一识破，而且他肯定会把这一秘密说给其他人，我的额头就会直冒冷汗，像疯子一样用怪异的眼神打量四周。

---

① 圣德太子（572—621），日本飞鸟时代的皇族，政治家。用明天皇的次子。

若有可能的话，我真想一天到晚二十四小时寸步不离地监视竹一，以防从他的口中走漏这个秘密。我甚至还这样想，在我死盯着他不放的这段时间，想方设法让他相信，我的搞笑并不是"故意之举"，而是真有其事，如果顺利，我还想成为他独一无二的朋友。倘若这一切都不可行的话，除了祈盼他早日死去外，别无他法。不过，我并没有非要杀死他的念头。在我迄今为止的人生中，曾好多次希望被别人杀死，却从未想过要杀死别人。因为我觉得，这样反而会给可怕的对手带去幸福。

为了让他就范，我首先在脸上堆满伪基督教徒式的"善意"媚笑，头向左歪三十度左右，轻轻搂住他瘦小的肩膀，用媚言蜜语的肉麻声，邀请他到我寄宿的亲戚家来玩，但他总是眼神茫然呆滞，一声不吭。不过，有一天放学后，记得是在初夏，一场骤雨突如其来，同学们都在为怎么回家而一筹莫展，我因为住得离学校很近，不以为然地正要冲出室外时，蓦然看见竹一正满脸沮丧地站在鞋柜的后面，就跟他说："走吧，我把伞借给你！"便一把拽住怯生生的竹一，一起狂奔在骤雨中。跑到家后，我请姑妈晾干我们俩被雨水浇透的上衣，成功地领着竹一来到我二楼的房间。

我的这个亲戚家只有三口人：年过五旬的姑妈；三十左右、戴着眼镜、体弱多病的高个儿大女儿（她曾结过一次婚，后来又回到娘家。我也学着这家里的人，管她叫大姐）；以及最近好像才从女校毕业，名叫节子的小女儿，跟她姐姐一点都不像，小个头儿，圆圆脸。三人在楼下开了一家店，货源不多，只陈列有少量文具和运动用品。主要的收入来源，好像是靠过世的主人所留下的五六栋简陋住房的租金。

"耳朵好痛。"竹一站着说道。

"耳朵进水了，会痛的呀。"

我仔细一看，发现他的双耳都患有严重的耳漏，脓水眼看就要流出耳朵了。

"这怎么能行呢，很痛吧？"我略带夸张满脸惊讶地问他，"都怪我在大雨中拽着你跑，对不起啊！"

我用女人般的柔声细语向他道歉，之后，下楼取来棉棒和酒精，让竹一把头枕在我的膝盖上，小心翼翼地为他清理耳朵。竹一似乎一点也没觉察出这是我伪善的诡计。

"你这家伙，肯定会被女孩子迷恋的！"

枕在我膝盖上的竹一，说着愚蠢的奉承话。

多年之后我才知道，连竹一也没意识到的这句话，竟然像可怕的恶魔谶言。什么"迷恋"还是"被迷恋"，这种话极其低俗和戏弄，给人一种自鸣得意之感，不论是在多么"严肃"的场合，这样的话只要蹦出一句，忧郁的圣殿顷刻间就会土崩瓦解，变得索然无味。如果不是用这样的俗语，而是用文学语言"被爱的不安"来表现，忧郁的圣殿也许就会安然无恙，想来真的奇妙无比。

我给竹一清理耳朵里的脓水时，当听到他奉承我"你这家伙，肯定会被女孩子迷恋的！"这句话时，我只是红着脸一笑了之，并未用片言只语去回应。然而，置身于因"被迷恋"这种粗俗的说法而产生的自鸣得意的氛围，实际上在心里暗暗觉得他的话不无道理。但这样想还不及落语里大少爷愚蠢的对白，所以，我当然不会用轻佻谐谑、自鸣得意的想法，去认同他的话。

于我而言，世上的女人不知要比男人费解多少倍。我家里的女性人数比男性多出很多，而且亲戚中也是女性居多，包括那些"犯罪"的女佣，把我自己说成自幼是在女人堆里长大，我想一点都不为过。不过，实际上我却一直抱着如履薄冰的心态与她们打交道，她们的心思难以捉摸。有时，身陷在五里雾中，如同踩住了老虎尾巴，惨遭失败，与来自男性的鞭挞不同，仿佛内出血一般让人产生极度的不快感，是很难治愈的内伤。

女人有时会将我一把拽到身边，有时又将我甩开冷眼相待，甚至在众目睽睽之下藐视我、羞辱我，谁都不在时，又紧紧地搂住我。女人像死去一样酣睡，仿佛为睡而生。我从小就对女人做过各种观察，虽同属于人类，却感觉是与男人迥然不同的生物，而且莫测费解，时刻不能松懈对她们的警觉，不可思议的是，却是这些女人一直呵护着我。"被迷恋"和"被喜欢"都不符合我，反而是"被呵护"这一说法更贴近我的实情。

对待搞笑，女人比男人更显得舒心随意。我每次搞笑时，男人不会总是哈哈大笑，而且我心里也清楚，在男人面前过于得意忘形地搞笑，肯定会招致失败，所以我特别留意见好就收。女人却不懂什么叫"适可而止"，她们总是没完没了地要求我搞笑，为了满足她们一而再再而三的"再来一个"，我累得筋疲力尽。她们真的很能笑。女人似乎比男人更具备享受笑的特质。

我在中学寄宿的亲戚家里，两位表姐一有空便会来到我二楼的房间，每次都吓得我差点跳起来，一个劲地感到紧张害怕。

"你在学习吗？"

"没有。"我微笑着合上书本说，"今天啊，学校里有位叫棍棒的地理老师……"

从我的口中蹦出的都是言不由衷的笑话。

"小叶，你戴上眼镜让我们看看。"

有一天晚上，二姐节子和大姐一起来我的房间玩，让我做了许多搞笑表演后，提出了这样的要求。

"为什么？"

"别问这么多，先戴上眼镜，借戴一下大姐的眼镜！"

她总是用蛮横的语气跟我说话。于是，搞笑的我只好乖乖地戴上大姐的眼镜。那一刻，她们俩笑得前俯后仰。

"太像了！简直跟劳埃德一模一样！"

当时，哈罗德·劳埃德这位外国喜剧电影演员在日本正博得人气。

我站起来举起一只手：

"诸位，这次我要为日本的影迷们……"

我试着说开场白，更是让她们大笑不止。从那以后，每当劳埃德的电影在这个小镇上演时，我是每场必看，并悄悄地琢磨和研究他的表情。

还有一次，在某个秋日的夜晚，我正躺在床上看书，大姐像飞鸟一样跑进我的房间，突然趴在我的被子上哭起来：

"小叶，你一定会救我吧？对吧？这样的家，我们还不如一起离开了好呢。救救我，救救我。"云云。

她的嘴激烈地倾诉着，接着又开始哭起来。不过，我并不是第一次目睹女人这样的态度，所以对大姐的激烈言辞并不吃惊，相反，倒是对她陈腐空洞的话感到乏味与扫兴。我轻轻地从被窝起身下床，削去桌子上柿子的皮并切好，递给了大姐一块。大姐抽抽搭搭地吃着柿子。

"有什么好看的书吗？借我看看。"她说道。

我从书架上选了一本夏目漱石的《我是猫》给她。

"谢谢你的款待。"

大姐羞涩地笑着，走出了房间。不光是这位大姐，女人到底是怀着什么样的心情活着呢？对我来说，思考这种问题比揣摩蚯蚓的心思还要复杂与烦琐，想来感到可怕。不过，凭靠我幼时的经验，我明白了这一点：当女人像刚才那样痛哭流涕时，只要给她一些甜食，她吃过后心情自然就会变得开朗。

另外，二姐节子有时也会领着她的朋友来我的房间，我仍一如既往，公平地逗大家开心。等朋友们离去后，节子一定会说一番那些朋友的坏话，诸如"那个人是不良少女，小心点啊"等等。既然这样说，你不领她来玩不就行了吗？也多亏了节子，来我房间的客人，几乎都是女性。

可是，竹一那句"被迷恋"的奉承话还是没有实现。总之，我不过是日本东北的哈罗德·劳埃德罢了。竹一那句愚蠢的奉承话，成为可恨的预言活生生地呈现出不祥的兆头，是多年以后的事。

竹一还送了我一份重要的礼物。

"这可是妖怪画啊。"

有一次，竹一到我二楼的房间来玩时，沾沾自喜地拿出一幅原色版的卷头插图给我看，这样说道。

"咦？"我想到了。那一瞬间，我的堕落之路似乎就被注定了，直到多年后我仍这么认为。我知道那不过是凡·高的自画像而已。在我的少年时代，法国的所谓印象派绘画在日本广为流行，对西洋绘画的学习与鉴赏首先从这些作品开始，凡·高、高更、塞尚、雷诺阿等人的画作，即使是乡下的中学生也大都见过图片版。我也看过不少凡·高的原色版画作，对他绘画的构图和色彩的鲜艳感颇感兴趣，但我从未想过他的自画像是什么妖怪画。

"那你看看这种画怎么样？也像妖怪吗？"

我从书架上取下莫迪利亚尼的画册，让竹一看其中一幅古铜色肌肤的裸体妇人画像。

"棒极了！"竹一瞪圆了眼睛感叹道，"就像地狱之马。"

"果然还是妖怪吧。"

"我也想画这种妖怪画呢。"

对人类极度恐惧的人，反而更希望见识一下可怕的妖怪心理，与越是神经质的胆怯之人，越是祈望暴风雨来得更猛烈的心理如出一辙。啊，这群画家深受人类这种妖怪的伤害和恫吓，最终相信幻影，在光天化日的自然中，活灵活现地目睹了妖怪。但他们从不搞笑，以此来掩饰妖怪，而是竭力表现出自己所见的景物。正如竹一所言，毅然画出"妖怪的画像"。一想到我未来的伙伴就在这里，我不禁兴奋得热泪夺眶而出。

"我也画啊，画那种妖怪画像，画那种地狱之马。"

不知为何，我压低了声音对竹一说道。

我从小学时就喜欢画画和欣赏画，但我的画不像作文那样受人称赞。因为我压根儿就不相信人类的语言，所以作文于我而言就像搞笑的寒暄语，虽然我的作文在小学和中学能把老师们逗得笑翻，但我自己并不觉得有趣。唯独绘画（漫画等另当别论）在对象的表现上，能用自己幼稚的自我风格去苦下一番功夫。学校美术课的画帖非常无聊，老师的画更是拙劣透顶，因此我不得不靠自己的胡乱摸索来尝试绘画的各种表现手法。进入中学后，我也有了一套自己的油画画具，但无论我怎样把印象派当作范本，从其画风中寻求技艺，自己的画却总是像彩色印花纸工艺一样呆滞得不成体统。不过，竹一的一句话却让我茅塞顿开，意识到自己以前对绘画的认识都是错误的。感受美丽的事物，并如实地表现出它们的美丽，这种想法是多么的幼稚和愚蠢。大师们主观地将平淡无奇的东西创造得美丽无比，或曰即便他们对丑陋的事物感到恶心呕吐，也并不掩饰他们的兴趣，依旧沉浸在表现的愉悦之中。换言之，他们丝毫不为别人的观点所左右。打从竹一那儿获得原始画法的秘诀，我便瞒着那些女性来客，开始一点一点地着手画起了自画像。

连我自己都颇为震惊的一幅阴郁的自画像诞生了。这正是我隐藏于内心深处的真实面目。表面上我开朗快活，常常逗得大家发笑，其实内心却晦暗无比，我不得不承认这个事实，但那幅画除了竹一外，我没有让任何人看。我不希望别人看穿我搞笑背后的阴郁，更讨厌突然被别人小心提防。另外，我担心别人没有发现这是我的本来面目，而依然被视为一种新的搞笑方式或笑料，这比什么都让我痛苦难堪，所以我立刻把那幅画藏进了抽屉深处。

在学校的美术课上，我隐瞒"妖怪式画法"，以平庸的笔触，美丽地画着原本美丽的事物。

以前，我只在竹一面前不在乎暴露自己容易受伤的神经，所以放心地让竹一看了我的自画像，万万没想到的是竟被他赞不绝口。于是，我又连续画了两三幅妖怪的画像。竹一又送给我一个预言：

"你会成为一名伟大的画家。"

不久，扛着傻瓜竹一赋予我的"被迷恋"和"会成为一名伟大的画家"这两个预言，我来到了东京。

我本来想上美术学校，可父亲早打算让我读高中，以便日后从政当官。由于父亲以前就吩咐过我，我也不敢顶嘴，只好茫然遵从。父亲让我从四年级开始报考高中，而我自己也正好对海边的樱花中学感到了厌倦，所以没上五年级，上完四年级后我直接考进了东京的高中，开始了寄宿学校的生活。可是，宿舍的肮脏和粗暴让我实在难以忍受，根本没心情和余力去搞笑，我恳请医生帮我开了一张"肺浸润"的诊断书，搬出了学生宿舍，住进父亲位于上野樱木町的别墅。我无论如何都无法适应集体生活，什么"青春的感动"，什么"年轻人的骄傲"，这类话听着就浑身打战，"高中生的蓬勃朝气"也与我格格不入。无论是教室还是宿舍，感觉简直就是弥漫着扭曲性欲的垃圾堆，我那近乎完美的搞笑本领，在此根本派不上用场。

在议会休会时，父亲每个月只在别墅住一两周。所以，父亲不在时，宽敞的别墅里，只剩下老管家夫妇和我三个人。我常常逃课，又没有心思游逛东京（最终连明治神宫、楠木正成的铜像、泉岳寺的四十七烈士墓都没去过），整天窝在家里看书画画。父亲回东京时，我每天早上都匆匆地赶往学校，但实际上有时是去了本乡千驮木町的油画家安田新太郎的绘画教室，连续三四个小时练习素描。从高中宿舍出来后，即使到学校坐在教室里上课，也感觉自己就是一位身份特别的旁听生。很有可能这是我的偏见，去了学校就兴趣索然，也就更懒得去上学了。从小学、中学、高中一路走过，最终还是无法理解何谓爱校之心，也从没想过学唱校歌。

不久，在绘画教室，我从一个学画画的学生身上沾染了烟酒、嫖娼、当铺和左翼思想。这些词语虽说是奇妙的组合，却是事实。

这个学画画的学生名叫堀木正雄，出身于东京的平民居住区，长我六岁，毕业于私立美术学校，由于家里没有画室，所以他好像在这个绘画教室继续学习油画。

"能不能借我五元钱？"

我们虽然彼此相识，但只见过几次面，且从未说过一句话。我不知所措地掏出五元钱。

"太好了！走，去喝酒。我请客。"

我无法拒绝，被他拽进了绘画教室附近蓬莱町的咖啡酒吧，我们俩的交往就这样开始了。

"我早就注意到你了。你羞涩的微笑，是前途无量的艺术家特有的表情。为了纪念我们俩的相识，干杯！小娟，这小子是美男子吧？你可不要迷上他呀。这小子来到绘画教室后，遗憾的是，我沦为了第二号美男子。"

堀木肤色黝黑，五官端正。着一身板正的西装，系着素雅的领带，头发抹了发油，留了个中分头，在绘画教室的学生中，这样的打扮是很少见的。

置身于陌生的环境，心中略显紧张。一会儿盘着胳膊，一会儿又松开，始终面带羞涩的微笑。喝下两三杯酒后，却格外有一种像被解放的轻松感。

"我本来也想上美术学校的，可是……"

"哎呀，可没意思了，那地方无聊透了。学校无聊得很。我们的老师在大自然中！我们要对大自然充满热情！"

然而，我对他说的话没有感受到一点敬意。觉得他是个蠢货，画的画肯定也糟糕透顶，不过也许是一个不错的玩伴。总之，他是我有生以来第一个见识的都市里真正的无赖。尽管他跟我是完全不同类型的人，但在迷茫地游离于人世间的营生这一点上，又和我是同类人。可是，他在无意识之中搞笑，对搞笑的悲哀浑然不知，这正是我们俩在本质上的不同。

只是在一起玩，只当他是一个玩伴。我常常在心里蔑视他，有时甚至耻于与他为伍，却又与他结伴而行，不知不觉中，我被这个男人打败了。

起初我认为他是个好人，一个难得的好人，连怯生怕人的我对他也都没有丝毫的戒心，认为遇到了一位东京的好向导。其实，我自己一个人坐电车时害怕列车长；想进歌舞伎剧场时，看到大门口铺着红地毯的楼梯两侧站着引座的小姐，我便望而却步；进入餐馆时，悄悄站在我背后，等着收拾碗碟的服务员也让我发怵；尤其在购物付款时，啊！自己僵硬笨拙的手势并非出于吝啬，而是由于我的过度紧张、害臊、不安和恐惧，觉得头晕目眩，眼前的世界一片黑暗，真的是要陷入精神错乱的状态，别说讨价还价了，甚至连买的东西和找的零钱都忘记拿。因此，我根本无法一个人行走在东京街头，无奈之下，只好整日窝在家里度日。

　　把钱包交给堀木一起逛街时，堀木很会讨价还价，而且很懂得玩，能以最少的钱发挥出最大的效果。他从来不坐昂贵的出租车，即使乘坐电车、公共汽车、小汽艇等等，他也会分清路段，以最短的时间抵达目的地，施展他超人的手腕。早晨从妓院回家途中，他会顺道拐到某家餐馆泡热水澡，再点盘豆腐，喝几杯小酒，价格便宜，却感觉很奢华，以此对我实施现场教育。他还告诉我，摊贩卖的牛肉盖饭和鸡肉烤串既便宜又营养；还向我保证说，"电气白兰地"这个牌子的酒是上头最快的。总之，跟他一起结账付款，感觉不到任何的恐惧与不安。

与堀木交往的另一个好处，则是他完全无视对方的想法，只是一味地释放自己的激情（或许他所谓的激情就是无视对方的立场），一天到晚没完没了唠叨着无聊的话题，完全不用担心两个人走累了会陷入尴尬的沉默。与人交往时，我最警惕这种可怕的沉默场面出现，所以，生性沉默寡言的我，才会先声夺人地拼命搞笑，可是，现在堀木这个蠢货自己却无意识地承担了搞笑的角色，我根本用不着接他的话茬，只要当作耳旁风，偶尔笑着敷衍一句"怎么可能"就行了。

不久我也渐渐明白，烟、酒和妓女都是暂时消除我对人类的恐惧的绝妙手段。为了寻求这些手段，我甚至觉得变卖一切家当也在所不惜，无怨无悔。

在我看来，妓女既非人，也非女性，有点像白痴或疯子，在她们的怀里，我反而完全安心落意，能酣然入睡。其实，大家都很悲哀，没有丝毫的欲望。也许是我切身地感受到了近似同类的亲近感吧，那些妓女总是向我展示出自然而然的好意。她们毫无算计之心的善意、毫不强人所难的善意、对也许不会再来光顾者的善意，使我在某些夜晚，从这些看似白痴和疯子的妓女身上，真实地看到了圣母玛利亚的光环。

不过，当我为了摆脱对人类的恐惧，寻求可怜的一夜安眠，去妓院与那些我的"同类"妓女寻欢作乐时，一种不自觉的令人厌恶的气息开始飘荡在我的身边，这完全是出乎我预料的"随赠品"。可是，这个"随赠品"渐渐鲜明地浮出表面，被堀木一眼看穿说破时，我为之愕然，深感厌恶。在旁人看来，通俗一点说，我是借着妓女修炼自己，而且大有长进，据说借着妓女修炼与女人打交道的能力，是最为严苛且又是最富有成效的。"情场高手"的气息已经围绕我的全身，女性（不只限于妓女）会凭借本能嗅出这种气息，然后纷至沓来。这种带有猥亵、不光彩气氛的"随赠品"降于我身，好像比我想休养与安眠显得更加醒目。

堀木也许是半带着奉承说出了这番话，却使我痛苦地感觉到颇有道理。比如，我收到过咖啡酒吧一位女孩稚拙的情书；樱木町邻居将军家一位二十来岁的女儿，每天早晨在我去上学的时间段里，明明没什么事，却化着淡妆在自己家门前进进出出；去吃牛肉饭时，就算我一言不发，那位女店员也会……还有我常去买烟的那家香烟店的女儿，她递给我的香烟盒中竟然有……去看歌舞伎时，邻座的女孩……在深夜的电车上，因喝多睡着时……意想不到从老家亲戚的女儿那里寄来的遐思遥爱的情书……不知是哪位素不相识的女孩，趁我不在家时送来亲手制作的布娃娃……由于我的极度消极，每一次都仅此而已，只是一个残缺的断片，没有进一步发展。但令女性魂牵梦绕的气息围绕在我身体的某一处，不是随口胡诌的玩笑，而是不容否定的事实。这一点被堀木看穿时，我感到屈辱般的痛苦，同时，也对寻花问柳失去了兴致。

有一天，堀木再次出于赶时髦的虚荣（对堀木而言，除了这个理由外，我至今仍无法去思考其他理由），带我去参加了一个秘密研究会的"共产主义读书会"（大概叫 R. S 吧，我记不太清楚了）。也许对于堀木这样的人而言，共产主义的秘密聚会，说不定与"游览东京"的一处景点没什么区别。我被介绍给"同志"，还买了一本学习手册，听坐在首席的那位长相丑陋的青年讲授马克思的经济学说。可是，对我来说，那些都是再明白不过的内容了。他讲的虽然没错，但人类的内心存在着更为可怕莫名的东西。说是欲望，不足以概括；说是虚荣，又不够确切；即使把"色"与"欲"二者并列一起描述，仍不足以形容。我自己也弄不明白，在人世间的根基里，总觉得不单单只有经济，还存在着荒唐怪谈之类的事。对于惧怕这种怪谈的我，虽然就像水往低处流一样自然地肯定着唯物论，却无法借此摆脱对人类的恐惧，无法放眼绿叶感受到希望的喜悦。不过，我从未缺席地参加 R. S（记得是这么叫的，也许有误）的聚会，"同志"们个个如商讨天下大事般，不苟言笑地绷着脸，沉浸于犹如"一加一等于二"之类的初等算术的理论研究中，此情此景的滑稽真让人忍俊不禁。我以自己往日惯用的搞笑方式，活跃聚会的气氛。可能是因为这个缘故吧，研究会死气沉沉的气氛渐渐变得愉快轻松，而我也成了聚会中很有人气的人。这些貌似单纯的人，或许以为我和他们一样单纯，是一个乐天派爱搞笑的"同志"。果真如此的话，那我可是彻头彻尾地欺骗了他们。我并非他们的"同志"。可我逢聚会必到，为大家提供搞笑服务。

这是因为我喜欢这样做，喜欢这些人，但未必是因为马克思而建立起来的亲密感。

非法，带给我小小的乐趣，或莫如说它使我心旷神怡。人世间合法的东西反而更可怕（它们都让人预感到高深莫测的东西），构造复杂费解，我根本无法坐进那没有窗户的阴冷房间，即使外面是一片非法的大海，我也要纵身跳进去，畅游到死亡，对我来说，这样更轻松痛快。

有种说法叫"没脸见人的人"，指的好像是人世间悲惨的失败者、道德败坏者，我觉得自己从一出生就是"没脸见人的人"，所以每每遇到被世间公认为是"没脸见人的人"，我的心就会变得非常和善，这样的"善心"有时连自己都会陶醉。

还有一个词叫"犯罪意识"，活在这人世间，我一生都遭受这种意识的折磨，可它又好像是我糟糠之妻一样的好伴侣，与我唇齿相依，耍闹着孤寂的游戏，这也算是我活着的另一种姿态吧。另外，好像还有一句俗话叫"小腿有伤，心有隐疾"。这种伤痕自襁褓时就长在我的一条腿上，随着长大非但没有痊愈，反而日趋严重，并深入骨髓，每晚的痛苦让我如同掉进千变万化的地狱，但是（这种说法有点奇怪）这种伤痕逐渐变得比自己的血肉还要亲密，伤痕的疼痛就像它活生生的情感，甚或是痴情的低语。对我这样的男人而言，地下运动组织的气氛让我感到格外的安心与惬意。总之，比起地下运动的内在目的，那种运动的外皮更适合我。堀木只是出于好玩的心理，他把我介绍给这个聚会后就再也没参加过，他曾给我开过一句玩笑："马克思主义者在研究生产的同时，也有必要考察消费嘛。"所以他不去参加聚会，只是一味地想叫我去考察消费。回想起来，当时各种类型的马克思主义者还真有不少。有像堀木这样出于虚荣的赶时髦而以此自居者；又不乏像我一样，只是喜欢那种"非法"的氛围而坐在聚会中的人。假若我们的真面目被真正的马克思主义信仰者识破，无论堀木还是我，想必都会遭到他们烈火般的怒斥，被视为卑鄙的背叛者而驱赶出他们的组织吧。但是，我和堀木都没有遭受除名处分，尤其是我，置身于非法的世界中，居然比置身于合法的绅士世界更显得轻松愉快，甚至言行举止更为"健康"，作为前途无量的"同志"，许多重要的机密任务委派我去做，真让人笑喷。事实上，对于委派的任务我从不推辞，都是沉着应对，一一接受，也不曾因为举止反常而遭到"狗"（同志们都这样称呼警察）的怀疑和盘问。我总是一脸笑容，也搞笑别人，准确无误地完成他们交给我的所谓的危险任务（那些从事地下运动的家伙，常常如临大敌一样地紧张，有时还笨拙地模仿侦探小说，保持高度警惕。委托我做的任务都极其无聊，却煞有介事地制造出紧张的气氛）。就我当时的心情而言，就算成为党员被捕，终身在牢狱中度过也无怨无悔。我想，与其恐惧人类的"真实生活"，在每晚不眠的地狱呻吟，还不如待在牢狱里舒服。

在樱木町的别墅里，父亲忙于接待来客和外出办事，即使同住一个屋檐下，也是三四天还见不上一面。虽然如此，父亲的难以接近和我对他的恐惧感，总让我想方设法搬出这个家到外面租房住。但我还没来得及说出口，就从别墅的老管家那里听说父亲打算卖掉这栋房子。

父亲的议员任期即将届满，加上其他种种理由，父亲完全没有继续参选的意愿。为此，他在老家盖了一栋养老隐居的新房，对东京似乎已不再留恋。他或许觉得我充其量不过是一个高中生，为我保留别墅和用人是一种浪费吧（父亲的心思与世人一样，不是我都能理解的）。总之，这栋别墅不久就转售给了别人，而我也搬进了本乡森川町一个叫"仙游馆"的阴暗公寓里，生活顿时变得拮据窘迫。

在此之前，父亲月月都会给我定额的零花钱，这些钱就算两三天花完，香烟、酒、奶酪、水果等，家里应有尽有，至于书、文具、衣服等其他东西，随时都可以在附近的店铺赊账购买，就算是请堀木吃荞麦面和炸虾盖饭，只要是街道上父亲经常光顾的餐馆，我都可以吃完后一声不吭地走人。

但现在突然一个人租房独居，一切花销都必须在每个月的定额汇款中支出，一下子让我不知所措。汇款依然是在两三天挥霍殆尽，我惊慌失措，因心中没底而变得近乎发疯，轮流给父亲、哥哥、姐姐等发电报，或写长信（信中所写的，全是虚构的搞笑内容。总觉得，求助于他人，先逗对方开心方是上策），催他们快点寄钱给我。而且，在堀木的教唆下，我开始频繁地出入当铺，可即便这样，还是入不敷出。

归根结底，我还是缺乏在无亲无故的租屋内独自生活的能力。我害怕一个人静静地待在租屋的房间里，总觉得会被谁突然袭击一下，于是跑到大街上，要么去协助地下运动，要么和堀木一起到处去喝廉价酒，学业和绘画全都荒废了。在进入高中第二年的十一月，发生了我和一名有夫之妇殉情的事件，从此我的人生境遇完全改变。

上学经常旷课，学习也从不用功，但每次考试都深得考题要领，所以一直瞒过了家人。可是，终因旷课太多，学校好像悄悄通报了老家的父亲，大哥替父亲给我写来了一封措辞严厉的长信。不过，比起这封信，我最直接的痛苦是手头拮据，以及地下运动的任务越来越激烈和忙碌，使我再也无法以半当游戏的心态去面对了。不知该称中央区还是什么区，我当上了包括本乡、小石川、下谷、神田那一带所有学校的马克思学生队的队长。听说要搞武装暴动，我买了一把小刀（现在想来，那不过是一把细弱得连铅笔都削不好的小刀），把它装进雨衣的口袋里四处奔走，以便进行所谓的"联络"。多想一醉方休，大睡一觉，可手头没钱。而 P（我记得这是称呼党的暗语，或许有记错）那儿又不断地下达新任务，忙得连喘息的时间都没有。我虚弱多病的身体越来越吃不消了。本来我只是因为对"非法"感兴趣才参加了这个地下运动，没想到却假戏真做，手忙脚乱得不可开交，我不禁在心中暗暗对 P 这帮人抱怨：你们找错人了吧？这些任务怎么不交给你们的嫡系成员去做呢？于是，我选择了逃避。逃避果然令我难受，我有时真想一死了之。

那时，有三个女人对我特别有好感，其中一位是我寄宿的仙游馆老板的女儿。每当我忙碌完地下运动身心俱疲地回到房间，饭也不吃地躺在床上时，她一定会拿着信笺和钢笔来到我的房间。

"抱歉，楼下弟弟妹妹太吵，一封信都无法坐下来写。"

说罢就坐在我的桌子旁，一写就是一个多小时。

我原本可以佯装什么也不知道地躺着，可那姑娘好像希望我能对她说些什么，所以我又发挥了被动的服务精神。事实上我一句话也不想说，只是勉强用疲惫的身躯打起精神，趴在床上边抽烟边说道：

"听说有个男人，用女人写给他的情书烧水洗澡。"

"哎呀，讨厌死了。是你吧？"

"我？我只用情书煮过牛奶喝。"

"太荣幸啦，你喝呀。"

我暗暗想，这个人怎么还不快点走？说什么写信，明明是在那儿装模作样地胡乱写着什么。

"让我看看你写的吧。"

话虽这样说，其实我死也不想看。她却娇声低气地嚷嚷道："哎呀，不要啦，哎呀，不要啦。"她那喜上眉梢的神情实在不堪入目，让我大为扫兴。于是，我想吩咐她做一些事。

"不好意思，你能不能去电车道路旁的药店帮我买点卡尔莫钦①？我真的快累死了，脸上发烫，睡不着觉，麻烦你了。钱嘛……"

"好啊，钱没关系的。"

她开心地起身离去。吩咐女人办事，绝对不会让她们感到无趣，如果男人拜托女人去做事，她们反而很开心。这种事我最清楚不过了。

另一个女人是高等女子师范大学的文科生，是一位所谓的"同志"。因地下运动的缘故，无论愿意与否，我每天都不得不与她碰面。碰面结束后，这个女人总是紧随我身后，不停地给我买这买那。

"你就把我当作你的亲姐姐好啦。"

她这种假惺惺的做作腔调听得我直起鸡皮疙瘩。我做出一副略带伤感的微笑表情应答道：

"我也正是这么想的。"

---

① 卡尔莫钦，一种安眠药。

总之，惹怒她很可怕，必须得想出一个办法讨好她。出于这种想法，我把这个既丑陋又讨厌的女人伺候得越来越好，让她买东西给我（她买的东西其实品位极差，我大多立刻转手送给了鸡肉烤串店的老板），并装出眉开眼笑的样子，开玩笑逗她开心。夏日的一天晚上，怎么也摆脱不掉她的纠缠，只是为了想打发她早点离开，我便在街头阴暗的角落亲吻了她，没料到她兴奋得欣喜若狂，叫了一辆出租车，把我带往他们为了地下运动而秘密租借的一间窄小的洋式办公室，折腾了一整夜。我不禁暗自苦笑，真是个意想不到的姐姐。

　　无论是房东家的女儿，还是这位"同志"，我们每天都不得不碰面，所以，不像以前那些女人可以巧妙地躲避，最后出于惯有的不安心理，我拼命地讨她们俩欢心，结果自己被牢牢地束缚住了。

　　同一段时间，我从银座一家大型咖啡酒吧的女服务员那里，得到了意想不到的关照。尽管只是一面之交，但囿于那种关照，我还是感到了一种被束缚得无法动弹的忧虑和恐惧。那时候我已无需依赖堀木的向导，能一个人坐电车，能一个人去歌舞伎剧场，还能一个人穿着碎花和服光顾咖啡酒吧，多少已能摆出一副厚脸皮的模样。在内心深处，我完全没变，依旧对人类的自信和暴力感到疑惑、恐惧与烦恼，但至少表面上可以与他人一本正经地打招呼了。不，不对，我仍属于那种不带着失败的丑角式苦笑，就无法跟他者打招呼的人。总之，即便是惊慌忘我结结巴巴，也能与人打招呼了。这种能打招呼的"伎俩"，难道是以前为地下运动四处奔波而磨炼出来的？还是因为女人？或因为酗酒？但主要还得归功于手头的拮据。不论身在何处，我都会感到恐惧与不安，反而如果在大型咖啡馆，在很多醉汉、女服务员、男服务员的拥来挤去里，自己不断被追逐的心灵不是也能获得平静吗？我带上十块钱，一个人走进银座那家大型咖啡酒吧，笑着对女服务员说：

"我身上只有十块钱，你看着办吧。"

"你不用担心。"

她的话带有关西口音。而且，这句话竟然奇妙地让我怯弱战栗的心平静了下来。不，这并不是因为我不用担心钱的事，而是因为我觉得待在她身边很安心。

我喝了酒。因为对她很放心，我反而没有心情扮演小丑去搞笑了，只是不加掩饰地现出我沉默寡言和阴郁的原形，默默地喝着酒。

"这些吃的，有你喜欢的吗？"

女服务员把各种菜肴摆在我面前，问我。我摇摇头。

"只想喝酒吗？那我也陪你喝一会儿吧。"

那是一个寒冷的秋夜。按照常子（记得她叫这个名字，但记忆模糊，不太确定。我这个人竟然连一起殉情自杀的人叫什么都记不住）的吩咐，在银座后街的一家露天寿司摊铺上，一边吃着难吃的寿司，一边等她。（虽然忘了她的名字，但那家难吃的寿司我却记忆犹新。还有长得像黄颔蛇的光头老板，摇头晃脑地捏着寿司，佯装一副手艺高超的样子，至今仍历历在目。多年后，在电车上，很多次都觉得一些人的面孔似曾相识，想来想去，最后才想起原来与那家寿司摊铺的老板很像，不禁苦笑再三。那个女人的名字和面孔即使现在淡出了我的记忆，我却唯独鲜明地记着那家寿司摊铺老板的面孔，甚至能正确地描摹出他的画像，可见当时的寿司有多么难吃，带给我寒冷和痛苦的记忆，以至如此。话虽如此，就算有人带我去好吃的寿司店，我也从不觉得好吃。寿司实在是太大了，我总在想，难道就不能捏成像大拇指一样大小吗？）

她在本所①的木匠家二楼租住了一个房间。在那栋租屋的二楼，我完全不用掩饰自己平时阴郁的内心，像遭受剧烈牙痛一样捂着脸喝茶。我的这种姿势反而赢得了她的欢心。她给人的感觉，就像身边刮着凛冽的寒风，只有落叶飘零，是一个完全孤立的女人。

跟她一起躺在床上休息，从其谈吐里得知，她长我两岁，老家在广岛，她说："我有老公呢，原本在广岛开理发店。去年夏天，我们俩一起私奔到了东京，但我老公在东京不做正经工作，之后被判了诈骗罪，现在还在蹲监狱呢。我呀，每天都去监狱给他送点什么，不过从明天起，我再也不去了。"不知

---

① 本所，日本地名，现被并入东京墨田区。

何故，我对女人的身世毫无兴趣，也不知道是她缺乏说话技巧，还是搞错了说话的重点，总之，对我来说，她的话不过都是耳旁风。

真寂寞啊。

比起女人对自己身世千言万语的倾诉，反而是这样一句短短的喟叹更能引起我的共鸣，尽管一直期待，但诡异的是，却从没有从人世间的女性中听到过这样的喟叹。不过，这个女人虽然嘴里没说"真寂寞啊"，但她身体的外部轮廓中却环绕着剧烈的无言寂寞，仿佛流动着一寸见方的气流，只要靠近她，我的身体就会被那股气流包裹，与我那长满刺的阴郁气流恰到好处地交融在一起，就像"落在水底岩石上的枯叶"，使我得以从靠近和不安中脱身。

这与躺在那些白痴妓女的怀中安然酣睡的感觉迥然不同（首先，那些妓女都很开朗快活），跟这个诈骗犯的妻子度过的一夜，对我来说，是被解放了的幸福之夜（语言如此毫不犹豫地夸张与肯定，在我所有的手记中都是绝无仅有的）。

但也仅有这一夜而已。当我早晨醒来跳下床，我便又变回了那个浅薄、善于伪装的搞笑角色。胆小鬼连幸福都害怕，碰到棉花都会受伤。有时也会被幸福伤害。趁着自己还没受伤，我着急尽快与她分手，于是，我又使出了搞笑惯用的花言巧语。

"俗话说'财竭缘尽'，其实，这句话被解释反了。其本义并不是钱用完了，男人就会被女人甩掉，而是男人没有了钱，自己就会意志消沉，一蹶不振，连笑的气力都没有，而且也会慢慢变得莫名怪僻与暴躁，最终破罐子破摔，近乎疯狂地抛弃女人。《金泽大辞林》上就是这么解释的。真可怜啊，我也懂得那种心情。"

我确实说过这样的蠢话，也记得常子笑喷的场面。我觉得久留会很可怕，脸也没洗就匆匆离去，可没想到的是，我当时脱口而出的"财竭缘尽"这句话，后来竟与我发生了意外的关联。

此后的一个月，我没有再与那位一夜恩人见面。分手之后，随着时间的流逝，我的喜悦之情日渐淡薄，反而是受过她恩惠这一点让我惶惶不安，身心皆感受到一种强烈的束缚。当时，我在那家咖啡酒吧的费用全部是常子一个人买单，连这种俗事也开始让我耿耿于怀，我觉得常子最终跟房东的女儿、高等女子师范大学的那个女人没啥两样，都是胁迫我的女人，即使远离她们，还是对她们充满恐惧，而且我觉得，再次遇到自己睡过的女人时，她们可能会突然怒火喷发，因而非常恐惧再次与她们重逢。基于这种性质，我对银座采取了敬而远之的态度。不过，我的这种怯弱绝不是狡猾，而是因为我不能理解女人这些不可思议的现象：女人不会让前一天晚上的床笫之欢，与翌日早晨起床后发生蛛丝马迹的关联，她们仿佛忘却了一切，彻底切断这两个世界而活着。

十一月末，我与堀木在神田的摊铺喝廉价酒，离开那家摊铺后，这个狐朋狗友建议再找一家继续喝，口袋里的银子明明都花光了，可他还是吵嚷着喝、喝、喝。那时，我也喝高了，酒劲壮胆，说道：

"好吧，既然这样，那我就带你去梦之国吧。你可别怕啊。那里可是酒池肉林……"

"是咖啡酒吧吗？"

"是的。"

"走吧！"

两个人坐上了市营电车，堀木开心地嚷嚷："我今晚对女人特别饥渴，可以亲吻女服务员吗？"

我不太喜欢堀木演示的这种醉态，堀木也知道这一点。所以他又特意补充道：

"可以吗？亲吻啦，我要亲吻坐我旁边的女服务员给你看。可以啊？"

"没问题吧。"

"谢谢啊，我真的对女人很饥渴呢。"

我们俩在银座四丁目下车，仗着常子的关系，身无分文地走进了那家所谓酒池肉林的咖啡酒吧，在一间空包厢里与堀木面对面坐下。屁股还没坐稳，常子和另一个女服务员便跑过来。那名女服务员坐我身边，常子则倏地紧挨着堀木坐了下来。我心头一惊，心想常子就要被堀木亲吻了。

我没有一点惋惜的心情。我这个人本来就没有太强的占有欲，而且，就算隐隐觉得于心不忍，也没胆量强调自己的所有权，也没有精力去与人抗争。甚至后来与自己同居的女人遭到别人的侵犯，也只能眼巴巴地默默旁观。

我尽可能不去触碰人与人之间的纠纷与争斗，被卷入那种漩涡非常可怕。常子只和我有过一次一夜情，她不属于我，顺其自然也不会觉得有惋惜的欲念，但还是吃了一惊。

一想到常子在我面前就要被堀木猛烈亲吻这一幕，便为常子感到可怜。被堀木玷污后，常子或许就不得不与我分手吧，而且我也没有足够的热情挽留常子，啊！情竭缘尽了。我瞬间惊愕于常子的不幸，但又如水一样平淡地放弃了。我的眼睛一次次扫过堀木和常子的脸，默默地冷笑起来。

事态却出人预料地更加恶化了。

"算了吧！"堀木撇着嘴说道，"就算我再怎么饥渴，也不至于跟这种穷酸女人……"

堀木绷紧着嘴，抱着双臂，眼睛盯着常子滴溜儿转，一脸苦笑。

"再来杯酒，我身上没钱。"我悄声对常子说道。

我想痛快地喝个烂醉。从所谓世俗的眼光来看，常子确实是一个连醉汉都不屑亲吻的穷酸丑女人。出乎意料的是，我竟然有一种五雷轰顶的感觉。我从未这样喝过酒，一杯接一杯地喝干再续，续了再干，直到喝得天昏地暗，我与常子面面相觑，互相苦涩地微笑。经堀木这么一说，她确实是一个疲惫而穷酸的女人，心里这么想的同时，一种同是穷人的亲近感涌上心头（我至今也这么认为，贫富之间的矛盾或许已显陈腐，但仍是剧本永恒的主题之一），此时的常子是如此的可爱，有生以来我第一次感觉到一种积极主动的、微弱的恋情在心中蠕动。我吐了，吐得不省人事，醉得如此失态，于我还是第一次。

醒来时，枕头边坐着常子。原来我睡在本所木匠家的二楼房间。

"你说过，'财竭缘尽'，我还以为你是在开玩笑呢，你是真心话？难怪这么长时间不来找我，将缘分一刀两断哪有那么容易，我赚钱给你花还不行吗？"

"不行。"

然后，她也躺下睡了。天亮前，从她的口中第一次说出"死"这个字，对于人间生活，她似乎也已筋疲力尽，而我，一想到自己对人世间的恐惧、烦恼、金钱、地下运动、女人、学业，真的无法再忍受着这一切活下去，于是随口答应了她的提议。

但当时我并没有真正做好"死"的心理准备。一种"游戏"心态仍潜伏在身体的某处。

那天上午，我们俩一起徘徊游荡在浅草的六区，进了一家咖啡馆，各自喝了一杯牛奶。

"你结账吧。"

我站起身，从袖口里掏出钱包，打开一看，只有三块铜币，一种比羞耻更惨烈的感觉袭遍全身，突然间，我的脑海里浮现出自己在仙游馆的那个房间，那个只剩下学生制服和坐垫，再也没有任何物品可以拿去典当的荒凉房间。除此之外，我所有的家当就只有穿在身上的碎花和服与披风了。这就是我生活的现实，我非常清楚，自己真的活不下去了。

看到我不知所措的样子，常子也站起身，瞅了一眼我的钱包说：

"唉，就只有这些？"

常子有口无心的这句话，却让我感到锥心刺骨的疼痛。这是我第一次为自己恋人的声音感到心痛。这不是钱多钱少的问题，三块铜币根本就不算什么钱，却使我蒙受了从未有过的奇耻大辱，一种再也没法活下去的屈辱感。毕竟那时的我还未能彻底摆脱阔少爷那种属性吧。从那时起，我才真正下定了去死的决心。

那天夜晚，我们俩一起跳进了镰仓的大海。"这条腰带还是从咖啡馆的朋友那里借来的呢。"她边说边解下腰带，叠放在岩石上，我也脱下披风，放在同一个地方，跟她一起跳进了大海。

女人死了，我却获救了。

也许因为我是一名高中生，再加上父亲的名字多少有点新闻效应吧，这件事被当作重大事件刊登在报纸上。

我被收容在海边的一家医院，一位亲戚还专程从老家赶来，帮我处理了很多事。这位亲戚临走前还告诉我，老家的父亲和家人对此事都非常生气，说不定会就此与我断绝关系。可是，比起他转告的这些，死去的常子更让我想念，每天啜泣着以泪洗面。因为在我迄今认识的所有人中，我只喜欢那个穷酸的常子。

房东的女儿给我写来了一封由五十首短歌构成的长信。每首短歌的首句全是反复的"为我活着吧"这样奇怪的句式。护士们笑容可掬地到我的病房里来玩，有的甚至总是在紧紧握过我的手之后才离去。

医院查出我的左肺有毛病，这对我来说倒是好消息。不久，我被警察以"协助自杀罪"从医院带到了警察局。在那里警察把我当作病人对待，关押在特别看守室里。

深夜，在特别看守室隔壁的值班室里，一位值夜班的老警察悄悄打开房门。

"喂！"他冲我说道，"冷不冷？到这儿暖和暖和。"

我假装无精打采地走进值班室，坐在椅子上围着火盆取暖。

"你还在想那个死去的女人吧？"

"是的。"我故意用小得几乎听不清楚的声音回答道。

"这也是人之常情嘛。"

他渐渐拉开架势。

"你第一次跟女人发生关系，是在哪儿？"

这位警察像法官一样装模作样地询问我，他当我是个小孩，摆出一副审讯主任的派头，在无聊的秋夜，企图想从我的口中套出猥琐的桃色新闻。我很快觉察到了这一点，尽力地忍住了笑。对于这种警察的"非正式审讯"，我知道自己就算拒绝回答也无所谓，但为了给漫长的秋夜增添一点乐趣，我始终表现出一脸诚意，就像深信这位警察是真正的审讯主任，刑法的轻重判决全取决于他的一念之间。我回应了一些适当的"陈述"，以满足他那颗好奇的淫心。

"嗯，这样我就大致明白了。如果你诚实回答的话，我会酌情从宽处理。"

"谢谢，还请您多多关照。"

真是出神入化的演技！这种卖力表演是对自己毫无益处可言的。

天亮后，我被警察局长叫了出去，这一次是正式审讯。

我推开门，脚还没在局长室内站稳，局长便发话：

"噢，长这么帅呀。不是你的错，是生下你这位帅哥的你妈妈的错。"

这是一位皮肤黝黑，像刚走出大学不久的年轻局长。突然听他这么一说，我仿佛觉得自己半边脸上长满红斑，是一个丑陋悲惨的残疾人。

这位像是柔道或剑道选手的局长，他的审讯相当明快利索，与那位上了年纪的警察在深夜执拗的秘密好色审讯有着天壤之别。审讯结束后，局长一边整理送往检察局的文件，一边说道：

"你可得好好爱惜自己的身体啊。你是不是还在吐血痰？"

那天早晨我异常地咳嗽，每次咳嗽我都用手帕捂着嘴，手帕上就像落了一层红色的霰雪。但那并不是从喉咙咳出的血，而是昨晚我抠耳朵下面的小脓包时流出来的血。我忽然觉得，不言明真相或许对我更有利，于是，我低着头一本正经地回答道：

"是的。"

局长写完文件后说：

"至于是否起诉你，得由检察官来裁定。你最好发电报或打电话通知你的担保人，让他们今天到横滨检察局来一趟。你应该有担保人和监护人吧？"

我猛然想起一位叫涩田的书画古董商，他经常出入父亲的别墅，跟我是同乡，经常迎合并讨好我父亲，长得又矮又胖，都不惑之年了还是个光棍，他就是我在学校上学的担保人。他长着一张很特别的脸，尤其是眼睛，酷似比目鱼，所以父亲总是叫他比目鱼，我也跟着这么叫。

我借来警察的电话簿，查到了比目鱼家的电话号码，拨通了他的电话，恳求他到横滨检察局来一趟。比目鱼就像换了个人，说起话来摆着架子，但还是答应了我的恳求。

"喂，那个电话消一下毒比较好，因为他在吐血痰。"

我回到看守室后，听见局长对其他警察这样大声地吩咐着。

午饭后，我的身子被细麻绳紧绑着，允许用披风遮挡，麻绳的另一端被攥在年轻警察的手中，两个人一起坐电车前往横滨。

不过，我并没有丝毫的不安，反倒是怀念起警察局看守室和那位上了年纪的警察，呜呼，我怎么会变成这个样子呢？被当作犯人五花大绑，反而觉得如释重负，心情平静了许多。即使此刻写下对当时的追忆，我还是觉得轻松舒畅。

然而，在怀念当时的回忆中，唯有的一次悲惨失败，让我直冒冷汗，终生难忘。当时我在检察局一个阴暗的房间内接受检察官简单的审讯。那位检察官四十岁上下，性情温和（即使我长得英俊，也是那种带有淫邪气的英俊，而这位警察的面孔堪称标准的英俊，充满着聪慧文静的气息），因为他看起来不像是凡事都斤斤计较的人，所以在他面前我没起一点戒心，只是心不在焉地陈述。突然的咳嗽，让我从袖口中取出手帕，忽见上面的血迹，心中顿时浮现一个卑劣的念头，以为咳嗽或许可以作为我讨价还价的筹码，于是便夸张地高声假咳两下，再用手帕捂着嘴，偷偷瞥了一眼检察官。

"你是真的咳嗽吗？"

他的微笑依然那么平静，我直冒冷汗。不，即使现在回想起来，仍怵得心慌。中学时代，那个蠢货竹一曾用手指戳着我的后背说"故意的、故意的"，被他一脚踹进地狱，比起当时，此刻的惊慌可以说是有过之而无不及。那次与这次，是我的人生中演技最为失败的记录。我有时甚至觉得，与其遭受检察官平静的侮辱，还不如宣判我十年徒刑好呢。

我被缓期起诉。但我一点也不开心。满怀悲凉地坐在检察局休息室的长椅上，等候担保人比目鱼的到来。

透过背后的高窗，看得见缀满晚霞的天空，一群海鸥排成"女"字形，向远方飞去。

第三手记

一

竹一的预言，一个成真，一个落空。"被女孩子迷恋"这种并不光彩的预言成真了，"一定会成为伟大画家"的祝福预言却落空了。

我仅成了为一些低俗杂志提供画作的蹩脚无名的漫画家。

由于镰仓的殉情事件，我被学校勒令退学，住在比目鱼家二楼一间三张榻榻米大的房间。每个月从老家寄来的额度极小的钱，也不是直接寄给我，而是悄悄地汇到比目鱼的名下（好像是老家的哥哥们瞒着父亲，暗地里汇来的）。除此之外，我跟家人断绝了联系。比目鱼一天到晚总是板着一张冰冷的脸，无论我怎么赔笑，仍看不到他的一丝笑容。人这种物种，怎么能如此轻易、正所谓"易如反掌"地变脸呢？这让我感到可耻与恶心，不，莫如说是滑稽。比目鱼一改常态，不停地反复警告我：

"不准出去，总之，禁止你出去。"

比目鱼总是死盯着我，怕我自杀，也就是说，他认定我有追随那个女人投海寻短见的嫌疑，严禁我外出。可是，我既不能喝酒，也不能抽烟，从早到晚，只是窝在二楼三张榻榻米大的房间，在被窝里翻阅旧杂志，过着白痴一样的生活，连自杀的气力都被磨损殆尽了。

比目鱼的家位于大久保医专附近，招牌上的字"书画古董商·青龙园"虽然赫然醒目，也不过是一栋两户中的一户，店门口相当狭窄，店内尘埃遍布，堆放着很多破烂（其实比目鱼并不是靠买卖这些破烂赚钱的，而好像是将某位老板的珍藏品转让给另一位老板，从中赚取差价）。他几乎都不在店里，总是一大早板着脸匆匆出门，只留一个十七八岁的小伙子看守店铺，这个小伙子当然也负责监视我，只要有空，他就跑到外面与邻居的孩子们一起练习棒球的投接球，俨然把我这个二楼上的食客当作白痴和疯子，有时还像大人一样对我进行一番说教。由于我生性不会与人争吵，所以常常表现出一副既像疲惫又像佩服的表情倾听，并服从他的说教。这小伙子是涩田的私生子，或因一些蹊跷苦衷，他没跟涩田以父子相称。涩田一直单身，似乎也与此事有关。我以前在家就听到过一些涩田的传闻，由于我向来对别人的事情不感兴趣，所以对其中的详情一概不知。可是，这个小伙子的眼神总让我奇妙地联想到鱼眼珠，说不定他真的就是比目鱼的私生子……如果真是这样，他俩可真是一对孤寂的父子。夜深人静时，他们父子俩常常瞒着二楼的我，一声不吭地吃着外卖送来的荞麦面什么的。

在比目鱼家里，一直是这个小伙子做饭。只有二楼食客的那份饭菜，被放进托盘端上来；比目鱼和小伙子则是在楼下四张半榻榻米大的阴湿房间里匆忙用餐，不时地还传出碗碟丁零当啷的碰撞声。

三月末的一个黄昏，比目鱼不知是又找到了生财之道，还是有了其他妙策（即使这两点都猜对了，可能还有好几个我无法猜对的原因吧），他罕见地把我叫到楼下摆着酒壶的餐桌旁。请客的主人对着不是比目鱼的金枪鱼生鱼片，感叹得赞不绝口，还向我这位一脸茫然的食客劝了酒。

"今后你到底打算怎么办？"

我没有回答，夹起一小条干沙丁鱼，看着小鱼的银色眼珠，酒劲上头，油然怀念起以前四处游玩的时光，甚至包括堀木，我深深地渴望"自由"，突然间，脆弱得差一点哭出声。

自从搬进这个家后，我连搞笑的欲望都没了，每天在比目鱼和小伙子的蔑视中横卧在床，比目鱼也不打算与我促膝长谈，我也无心追着他倾诉什么，完全变成了一个傻呆呆的食客。

"所谓的缓期起诉，是不会留下什么前科记录的。所以，只要你下定决心痛改前非，一定会获得新生。如果你有心悔改，主动找我商量，我会好好帮你想想办法的。"

比目鱼说话的方式，不，应该是世上所有人的说话方式，都如此烦琐与含糊，有一种微妙的想逃避责任的复杂性。对于他们近乎徒劳的防范心理，以及数不胜数的小小心计，我总是感到困惑，最终以怎么都行的心态，要么用搞笑敷衍，要么默默首肯一切，也就是采取所谓败北者的态度。

多年后我才知道，如果当时的比目鱼能简单扼要地告诉我，也许是另一种结果。比目鱼多此一举的提防，不，应该说是世人难以理喻的虚荣和爱面子的心态，使我感到无比的郁闷。

比目鱼当时如果这么告诉我就好了：

"不论是国立、公立还是私立学校，无论如何从四月开始，你必须得去一所学校上学。只要你上学了，家里就会给你寄来充裕的生活费。"

很久以后我才明白，事实上，当时就是这么回事。他若这么对我说了，我会听从他的话照办吧。但是，由于比目鱼多此一举的提防，和拐弯抹角的说话方式，诡异地使我的人生方向脱轨了。

"如果你无心和我认真商量的话，那我也毫无办法。"

"商量什么？"我真的没有一点头绪。

"就是你心里所想的事啊。"

"比如说？"

"还问我呢！你今后打算怎么办？"

"你是说我去找一份工作做？"

"不，我是问你自己心里究竟是怎么想的？"

"可是，就算我想去上学，也……"

"那也需要钱，但问题不在于钱，而在于你的想法。"

他为什么不直截了当地说"老家寄钱过来"呢？只要有这么一句话，我就会立刻拿定主意去上学。他的话总是让我坠入五里雾中。

"怎么样？对未来抱有什么样的希望呢？照顾一个人有多难，这是被照顾者所无法理解的。"

"对不起，给您添麻烦了。"

"你确实让我很担心。既然我答应照顾你，就不希望你是一个半途而废的人。我希望看到你迈上正道，有重新做人的觉悟。比如，你将来的去向，若能诚心诚意地主动跟我商量，我会给你想办法的。我比目鱼毕竟不是有钱人，资助你的能力也很有限，若你还想过以前的奢侈生活，那我可就帮不上什么忙了。但是如果你能坚定自己的想法，规划好将来的打算，并愿意找我商量的话，就算我帮不了你多少，还是愿意为你的重整旗鼓助一臂之力。你听懂了吗？今后你到底打算怎么办呢？"

"如果不能在这个二楼继续住的话，我就出去工作……"

"你不是开玩笑的吧？如今的社会，就算是毕业于帝国大学，找工作也不是……"

"不，我不想成为上班族。"

"那做什么？"

"当画家。"我斗胆地说出了这句话。

"咦？"

当时，比目鱼缩着脖子大笑，他那张脸上流露出的狡黠，我一生都不会忘记。那笑容看似轻蔑，似乎又不太像，若把人世间比作大海，一种诡异之影摇曳在万丈深渊的海底。那种笑容，让我隐约窥见了成年人生活中最深层的奥秘。

"你这样想的话，我们就没什么好谈的了。你的想法太不切合实际。你再好好想想吧，今晚请认真考虑一下。"被他这么一说，我就像被追跑似的爬上二楼，躺在床上，翻来覆去地还是没想出什么好主意。天亮时，我逃出了比目鱼的家。

"傍晚回来。我去一下写在左边的这位朋友的住处，商量未来打算，切勿担心，真的。"

我用铅笔在信笺上把上面这段留言的字写得很大，然后又写下堀木的姓名和他位于浅草的住址，便悄悄溜出了比目鱼的家。

我并非因为反感比目鱼的说教才逃了出来，正如比目鱼所说的，我是一个没有人生目标的男人，未来的打算也没有任何着落，若继续待在比目鱼的家充当食客，是很对不起比目鱼的。万一我真的奋发图强，明确目标，可每个月还得让并不宽裕的比目鱼来资助我重整旗鼓，一想到这个，我就痛苦难堪，内心极度不安。

不过，从比目鱼的家里逃出来，并不是真的想去找堀木商量什么人生的"未来打算"，我只不过是想让比目鱼暂时安心，哪怕是让他有一点点的安心（与其说我是为了争取时间逃离更远，不如说是参照了侦探小说中的情节，才写下了这段留言，不，这种想让他安心的念头也不是不存在的，准确地说，我害怕会以此给比目鱼带来突如其来的打击，从而使他惊慌失措。虽然事情早晚都会败露，但我不敢直接说出口，所以想方设法加以掩饰，这一点正是我可悲的毛病之一，这与世人斥责与鄙视的"谎言"颇为相似，可是，我几乎从未为了牟取私利而去掩饰过，只是对气氛骤变为扫兴而感到窒息般的恐惧而已，所以，即使知道对自己不利，也会竭尽全力去"拼命服务"。虽说这种"拼命服务"被扭曲得微不足道，甚或愚不可及，但出于"拼命服务"的心情，许多场合下，我都会不自觉地掩饰上一两句。而且这种习性也常常被世上所谓的"正人君子"大肆利用）。因此，那一刻，堀木的住址和姓名从记忆的深处浮现出来，我随手写在了信笺上。

离开比目鱼的家，徒步来到新宿，卖掉随身携带的书，然后便茫然地不知该去往何处。我对每个人都很友善，但从未切身感受过"友情"。堀木这样的狐朋狗友除外，其他的一切交往带给我的只有痛苦，为了排遣那种痛苦，我拼命地扮演丑角，反而让我精疲力竭。只要看到熟悉的面孔，哪怕是模样相似的面孔，我都会大吃一惊，会被那种令人晕眩的战栗袭遍全身。即使知道被别人喜欢，我好像也缺乏爱别人的能力（话虽如此，世人究竟是否具有爱的能力，我深表怀疑）。像我这样的人，不可能会有所谓的"挚友"，我甚至没有"登门拜访"的能力。对我来说，别人家的门比《神曲》的地狱之门还要阴森可怕，门里面仿佛蠕动着可怕的巨龙怪兽，浑身散发着腥臭。这并非危言耸听，而是我的切身感受。

我和谁都没有往来，也无处可去。

堀木！

真的是弄假成真。我决定按照留言上所写的地址，去拜访住在浅草的堀木。在此之前，我一次也没拜访过堀木的家，通常都是我发电报叫堀木过来找我，而现在我连电报费都交不起了，更何况落魄到这种地步，发个电报，堀木恐怕也不会来的。于是，我决定挑战一下自己最不擅长的"拜访"，叹了口气坐上了电车。对我来说，难道这个世界上唯一的救星就是堀木吗？一想到这儿，一股穿透脊骨的凄凉寒意袭遍全身。

堀木在家。他的家位于肮脏的小巷深处，是一栋两层建筑。堀木住在二楼仅有六张榻榻米大的房间。堀木年迈的父母和一位年轻的工匠，三人正在楼下敲敲打打地制作木屐带。

那天，堀木让我见识了他作为城市人崭新的一面，就是俗话所说的老奸巨猾的一面。他是令我这个乡巴佬瞠目结舌的冷漠、狡猾的利己主义者，远不是像我这样的男人，漂泊不定，无家可归。

"你太令我吃惊了。你老爸原谅你了吗？还是没有？"

我没敢说是逃出来的。

我还是以老一套敷衍着。虽然肯定会马上被堀木识破，但我依然敷衍。

"总会有办法的。"

"喂，这可不是闹着玩的呀。给你个忠告，傻瓜也会就此打住的。我今天还有别的事，最近忙得不可开交。"

"有事？什么事？"

"小心点，你可别把坐垫的线给弄断了。"

我一边说话，一边无意识地用指尖扯动坐垫一角的细线，不知是缝线还是绑线。堀木惜物心切，只要是家里的东西，就算是坐垫上露出的一根线，堀木都倍加爱惜，因此他横眉竖眼地责备我。略微一想，堀木在以前与我的交往中，从没吃过一点亏。

堀木的老母亲端着托盘，送来了两碗年糕红豆汤。

"哎呀……"堀木表现出一副大孝子的模样，对老母亲毕恭毕敬，过于客气的话语有些不自然，"谢谢妈妈，是年糕红豆汤吗？太奢侈了呀，您不要这么费心啦，因为我们有事马上就要出去呢。不过，您特意做了最拿手的年糕红豆汤，不吃也太可惜了，那我们就吃吧。你也来一碗，这可是我老母亲特意做的啊，啊，真好吃，太奢侈啦。"

堀木喜笑颜开，吃得津津有味，完全不像在演戏。我也吃了几口，却闻到了开水的味道，尝了一口年糕，觉得味道不对劲，是我从未有过的味觉。我绝非瞧不起他家的贫寒（那时我并不觉得难吃，而且很感激老母亲的心意。尽管我恐惧贫穷，但毫无轻蔑之心）。年糕红豆汤和吃着年糕红豆汤喜形于色的堀木，让我窥见都市人朴素的本性，以及家人与外人有明显区别的东京人家庭的真实一面。唯有我这个蠢货不分内外，接二连三地逃避人类的生活，甚至还被堀木这种人嫌弃。我感到极其狼狈，手握漆面斑驳的筷子，只想提笔记录下难以忍受的凄凉感受。

"不好意思，抱歉，我今天要去办点事。"堀木起身，一边穿上衣一边说道，"我要出门了，真不好意思啊。"

这时，正好有一位女客人来找堀木，我的命运也随之转变。

堀木突然变得活力四射，说：

"啊，真的抱歉。我正想着去找您呢。不料却来了一位不速之客。不过，没关系的，请，请进吧。"

堀木有点方寸大乱。我抽出自己坐的坐垫，翻个面递过去，他一把夺过，又翻了个面，然后请女客人就座。房间里除了堀木的坐垫外，就只剩下这个坐垫供客人使用了。

女人又瘦又高。她将坐垫摆在一旁，在门口附近坐了下来。

我心不在焉地听着他们俩交谈。女人像是某家杂志的记者，不久前好像约堀木画过什么插图，是专程来取约稿的。

"杂志急着用。"

"已经画好了，早就画好了。这就是，您看一下吧。"

这时，送来了一份电报。

堀木看过后，喜笑颜开的面孔变得僵硬。"嗨，你小子在搞什么呢？"

原来是比目鱼发来的电报。

"总之，请你赶快回去。我要是能送你回去就好了，可现在我没时间。你啊，离家出走，还一副满不在乎的样子。"

"您住在哪儿？"

"大久保。"我脱口而出。

"那正好在我们杂志社附近。"

女人出生在甲州，二十八岁，与五岁的女儿一起住在高圆寺的公寓里。听她说丈夫已经去世三年了。

"你看起来像是吃苦长大的人。难怪这么善解人意，真够可怜的。"

从此我开始了被豢养的小白脸的生活。静子（这是那名女记者的名字）去新宿的杂志社上班时，我就和她叫茂子的五岁女儿一起看家。在此之前，静子外出时，茂子总是在公寓管理员的房间里玩耍，现在来了一位"善解人意"的叔叔陪她玩，她看起来很开心。

我稀里糊涂地在她那儿待了一星期左右。公寓窗外，附近的电线上挂着一只风筝，被春天夹杂着尘埃的风吹得破烂不堪，但还是死缠着电线不放，仿佛在不停地频频点头。每每看见这一幕，我都忍不住苦笑、脸红，甚至还会做噩梦。

"我需要钱。"

"……需要多少？"

"很多……俗话说'财竭缘尽'，此话一点不假啊。"

"别说蠢话了。这不过是老掉牙的……"

"是吗？看来你不懂，再这么下去，没准儿我会逃走的。"

"到底是谁穷，又是谁要逃走呢？你真奇怪啊。"

"我要自己赚钱，用自己赚来的钱买酒、买烟。就说画画吧，我觉得自己比堀木画得好多了。"

此时，我的脑海里浮现出的是中学时代画的几张自画像，也就是竹一口中的"妖怪"。是被遗失的杰作。它们在几次的搬迁中遗失了，但我觉得恰恰是那几幅才称得上出色的画作。那之后，我尝试过各种不同的画法，却都远不及记忆中这几幅的完成度，为此，我一直被一种倦怠的失落感所困扰，心空虚得如同巨大的空洞。

一杯喝剩下的苦艾酒。

我悄悄形容着那永远无法弥补的失落感。一提到画，那杯喝剩下的苦艾酒就会在我眼前隐约闪现，一种焦躁的苦闷涌上心头。啊，真想让她看看那几幅画，让她相信我绘画的才能。

"呵呵，怎么啦？看你一本正经地开玩笑，太可爱了。"

这不是玩笑，是真的呀。啊，真想让她看看那些画，我如此徒劳地烦闷着。突然间，我心思一转，放弃原来的念头。

"漫画，至少画漫画，我觉得我比堀木强。"

我这一句敷衍的玩笑话，没想到让她信以为真。

"是啊，其实我蛮佩服你的。你平时给茂子画的那些漫画，我看了都忍不住笑。你试着画几幅怎么样？我可以跟我们杂志社的主编说一声。"

这家杂志社发行的主要是面向儿童的没什么知名度的月刊。

"……看到你，大部分女人都会想为你做点什么。……你总是一副战战兢兢的样子，却又是一个滑稽的幽默家。……

虽然有时独自一人，郁郁寡欢，但正是这一点，才更让女人为之心动。"

　　静子说了很多恭维我的话，可一想到她说的都是小白脸的卑劣特征，我就愈发消沉，提不起精神。我暗中盘算着金钱比女人重要，想逃离静子，独自生活。可左思右想，反倒愈来愈依赖静子，包括我离家出走后的各种善后工作，几乎全部都由这位不让须眉的甲州女强人来一手操持，结果在静子面前，我不得不变得越来越"战战兢兢"。

　　在静子的安排下，比目鱼、堀木、静子三人协商后达成协议，我就此与老家彻底断绝关系，与静子开始过着"光明正大"的同居生活。在静子的多方奔走下，我的漫画也意外地卖了一些钱，我用这些钱买烟买酒，但我的不安和郁闷却有增无减。我日渐消沉，在为静子的杂志画每个月的连载漫画《金太郎与小太郎的冒险》时，突然想起老家的亲人，倍感孤单，画笔无法动弹，低头落泪。

　　适逢此时，能带给我些许安慰的，就只有茂子。她当时已毫不避讳地叫我"爸爸"了。

　　"爸爸，听说对着神祈祷，神什么都会答应，这是真的吗？"

　　我才想这样祈祷呢。

　　神啊，请赐我冷静的意志！请让我知晓人类的本质！人们相互排挤也不算罪过吗？！请赐给我愤怒的面具！

　　"嗯，没错。茂子的许愿，神什么都会答应的。但爸爸可就不行了。"

我甚至连神都惧怕。我不相信神的恩宠，只相信神的惩罚。所谓的信仰，不过是为了接受神的鞭笞，而俯首走向审判台。我相信地狱，但不相信天国的存在。

"为什么爸爸不行呢？"

"因为爸爸不听父母的话。"

"是吗？可是大家都说爸爸是个大好人呢。"

那是因为我欺骗了他们。我也知道，公寓里的人都对我抱有好感，可我是多么畏惧他们啊，越是畏惧就越博得他们的好感，而越是博得他们的好感，就越是畏惧，最终不得不远离大家。我这不幸的毛病，要向茂子说清楚实在是太困难了。

"茂子，你究竟想向神祈祷什么呢？"

我不经意地问出了这句话。

"我啊，我想要一个真的爸爸呢。"

我为之一惊，眼前一片眩晕。敌人。我是茂子的敌人？或茂子是我的敌人？总之，这里也有一个威胁我的可怕的大人，一个外人，不可思议的外人，充满神秘的外人。茂子的表情一下子让我读懂了这一切。

原以为只有茂子例外，没想到她也隐藏着"突然甩动尾巴拍死肚皮上的牛虻"这一招。从那以后，我对茂子也不得不战战兢兢。

"色鬼！在家吗？"

堀木又开始上门来找我了。在我离家出走的那一天，明明是他让我更加孤单。我却无法拒绝这个男人，只能笑脸相迎。

"听人说，你小子的漫画颇受欢迎，业余画家就是有一股'初生牛犊不怕虎'的胆量啊。不过，你可不要太自以为是啊，因为你的素描一点也不成样子。"

他在我面前摆出一副师匠姿态，要是把我的那些"妖怪画"拿给他看，他会做出何种表情呢？我重复着以往的徒劳焦虑，说：

"别这样说嘛，我难过得都快要尖叫了。"

堀木越发得意地说道："若只说谋生的本领，总有一天你的缺陷会暴露出来。"

谋生的本领。……对此我只有苦笑以对。自己居然有谋生的本领！像我这种畏惧人类，唯恐避之不及，常常掩饰敷衍的人，难道与俗话所说的"人不犯我，我不犯人"这种狡猾的处世训条如出一辙？啊，人类根本不了解彼此，明明完全误读了对方，还以为对方是自己唯一的挚友，一辈子觉察不到，等对方死了，不是还痛哭流涕念悼词吗？

堀木毕竟是我离开比目鱼家之后，那些善后工作的见证人（他肯定是在静子的央求下勉强接受的），所以摆出一副引导我重新做人的大恩人或月下老人的架势，一本正经地向我说教，有时还深更半夜醉醺醺地跑来过夜，偶尔还开口向我借五元钱（每次一律是五元）。

"不过，你玩女人的毛病也该就此打住了吧。再这样下去的话，世人是不会原谅的。"

所谓的世人，究竟指的是什么？是人的复数吗？哪里存在着世人的实体呢？不过，我一直把它视为坚强、严厉和可怕的东西，如今听堀木这么一说，我差点脱口说出：

"所谓的世人，不就是你吗？"

由于不想惹怒堀木，这句话到了嘴边又咽了回去。

（世人是不会原谅的。）

（不是世人，是你不会原谅吧？）

（要是这么做，世人会让你吃尽苦头的。）

（不是世人，是你吧？）

（你很快就会被世人遗忘的。）

（不是世人遗忘我，是被你遗忘才对吧？）

你要清楚自己有多么可怕、古怪、恶毒、狡诈、阴险吧！种种此类言语萦回心中，但我只是用手帕擦着脸上的汗，笑着说：

"冷汗，冷汗。"

然而，从那时起，我好像萌生了"世人不就是个人吗？"这种略带思想性的观念。

自从开始认为"世人就是个人"之后，跟以往比，我多少能够按照自己的意志行事了。借静子的话来说，我变得有些任性，不再那么战战兢兢了。再套用静子的话，就是我变得非常吝啬。连茂子也说，我不像以往那么疼爱她了。

我天天不苟言笑地照看着茂子，一边还要应付各个杂志社的约稿（除了静子的杂志外，其他几家杂志也开始断断续续地向我约稿，但都是比静子的杂志还要低俗的三流杂志），画《金太郎与小太郎的冒险》和明显模仿《悠闲爸爸》的《悠闲和尚》，以及《急性子小平君》，这些标题饱含自暴自弃之意、连我自己都感到莫名其妙的连载漫画。我抑郁重重，慢腾腾地（我运笔的速度很慢）画着这些漫画，以此赚取喝酒钱。每当静子从杂志社下班回家，我便可以换班外出，前往高圆寺车站附近的摊铺和小酒馆，喝便宜的烧酒。等心情喝得稍微变好，才返回公寓。我对静子说：

"越看越觉得你长着一张古怪的脸。悠闲和尚的造型，其实就是从你的睡容中获得的灵感。"

"你的睡容看起来也很苍老啊，就像四十多岁的男人。"

"还不都是你害的，都快被你榨干了。人生恰似水流动，何须忧心河边柳。"

"别闹了，快睡觉吧。还是，你想吃点什么？"

静子心平气和，根本不理睬我那一套。

"如果有酒的话，我倒想喝一点。人生恰似水流动，人生恰似……不对，是流水恰似人生过。"

我一边哼唱着，一边让静子帮我脱衣，额头贴在她的胸前睡去。这便是我的日常生活。

明天也做相同的事

只要坚守昨日的惯例

回避极度的狂喜

巨大的伤悲就不会悄然而至

躲开阻挡去路的石头

癞蛤蟆绕路爬行

当我读到上田敏翻译的夏尔·克罗的这首诗时，羞红的脸如同燃烧的火。

癞蛤蟆。

（这就是我。世人原谅我，还是不原谅我；世人遗忘我，还是不遗忘我，都无所谓。我是连狗猫都不如的动物，是癞蛤蟆，只会慢慢爬行。）

我的酒瘾越来越强，酒量越来越大。不光是在高圆寺车站附近，也去新宿、银座一带喝，有时还会外宿不归。我已经不再遵循昨日的惯例，在酒吧佯装成无赖汉，见到女人就亲。总之，我又变得像殉情以前，不，变成了比那时更放纵更鄙俗的酒鬼，没钱花，就把静子的衣服拿去当掉。

自从来到静子的公寓，望着那破烂不堪的风筝苦笑后，一年多的时光一晃而过。在樱花树长出嫩叶的时节，我再次偷偷带着静子的和服腰带和贴身衬衫去当铺，用换来的钱跑去银座喝酒。连续两晚夜不归宿，到了第三天晚上，实在觉得过意不去，才下意识蹑手蹑脚地又来到静子的公寓门前，屋子里传来她们俩的对话：

"为什么要喝酒？"

"爸爸可不是因为喜欢酒才喝的，是因为他人太好了，所以……"

"好人都要喝酒吗？"

"也不能这么说……"

"爸爸肯定会吓一跳的。"

"说不定会讨厌呢。你看，你看，又从箱子里跳出来了。"

"就像急性子的小平君一样。"

"是啊。"

能听到静子那发自内心的幸福低笑。

我把门轻轻推开一条小缝，往里一瞧，是一只小白兔，在房间里活蹦乱跳，母女俩正追着它玩。

（真幸福啊，她们俩。像我这样的混蛋夹在她们中间，迟早有一天会毁了她们。平淡的幸福。一对好母女。啊，倘若神能听到我这种人的祈求，就算只有一次，一生中哪怕只有一次也行，神啊，我祈求您赐予她们幸福。）

我真想原地蹲下，合掌祈祷。我轻轻地掩上房门，又返回银座，从此再也没踏进过公寓的门。

没过多久，我又在京桥附近的一家小酒馆二楼，过起了小白脸的日子。

世人。我开始似懂非懂隐约领会了它的含义。它是个人与个人之间的冲突，而且是现场冲突，只要当场取胜即可。人绝对不会服从于人，即便是奴隶，也会以奴隶卑屈的方式进行反击。因此，人除了当场一决胜负外，不会有别的生存之道。人虽然口头上标榜堂而皇之的大义名分，但努力的目标必定属于个人，超越个人之后还是个人，世人的费解即个人的费解，大海不是世人，而是个人。我从世人之海幻影的恐惧中获得了一些解放，不再像以往那样，无尽无休地事事谨小慎微了。也就是说，为了眼前的需要，我学会了厚颜无耻。

离开高圆寺的公寓后，我对京桥一家小酒馆的老板娘说：

"我跟她分手了。"

单是这么一句话，就足够了，我已获胜。从那天晚上起，我大模大样地住进小酒馆的二楼，可是，理应十分可怕的世人，却未对我进行任何加害行为，而我也没向世人做任何辩解。只要老板娘愿意，一切都不成问题，顺理成章。

我既像店里的顾客，又像店里的老板；既像跑腿的店员，又像老板娘的亲戚。在旁人眼中，我也许是一个来历不明的存在，但世人一点都不觉得我奇怪，店里的常客们也"小叶、小叶"地叫我，对我非常友好，还请我喝酒。

慢慢地，我不再小心翼翼地提防世人了，开始觉得世人并非那么可怕。换句话说，我迄今为止的恐惧感，很大成分带有"科学迷信"的杞人忧天，就好像担心春风里有数十万的百日咳细菌；澡堂里有数十万致人失明的真菌；理发店里有数十万秃头病菌；省线电车里的吊环上爬动着无数疥癣虫；生鱼片和烤得半生的猪肉牛肉里，潜伏着绦虫和吸虫的幼虫什么的；还担心光脚走路时，扎破脚掌的碎玻璃会钻进体内，因循环全身戳破眼珠而导致失明，等等。的确，站在"科学"的观点，数十万细菌在蠕动也许是成立的。但同时我也知道，只要彻底忽略它们的存在，它们就会变成与我毫无关联、转瞬即逝的"科学幽灵"。我还听说，如果在便当盒里剩下三粒米饭，一千万人每天都剩下三粒米的话，就等于浪费了好几袋大米；如果一千万人每天都节约一张餐巾纸，那该节省出多少纸浆啊。诸如此类的科学统计，真的是骇人听闻，每次我只要吃剩下一粒米，或是擤一次鼻涕，就会感觉仿佛浪费了堆积如山的大米和纸浆，这种错觉使我无比烦恼，自己像犯下什么大罪一样，心情郁闷沉重。可是，这些正是"科学的谎言""统计的谎言""数学的谎言"。根本无法想象三粒米饭能汇集在一起，就算作为加减乘除的应用问题，这也是过于原始和低级的题目。就像要计算出在黑灯瞎火的厕所里，一只脚踩空掉进便池的概率，以及省线电车的乘客不小心掉入电车车门与月台的缝隙中的比例，这实在是愚蠢之举。尽管这样的事情可能会发生，但因踩空掉进厕所脚受伤的例子从未听说过。我被这种假设的"科学事实"洗脑，直至昨天我还把它视为现实加以接受，并担惊受怕。我觉得以往的自己是那么的天真可爱，甚至有点可笑，我也因此开始一点一点地了解世人的真面目了。

虽然这么说，人对于我仍是可怕的存在，跟店里的顾客见面，必须得先喝下一杯酒才行，因为我要见可怕的人。我每晚都会出现在店里，就像小时候把害怕的小动物用力紧攥在手中一样，借着酒劲，向客人吹嘘拙劣的艺术论。

漫画家呀。啊，我只是一个没有大喜大悲无名的漫画家。以后，纵然有巨大的悲伤降临于我也无妨，就算内心焦虑地渴望粗野的欢乐也无妨，此刻我的快乐只是与客人漫无边际地闲聊，喝客人请我喝的酒。

来到京桥之后，这种无聊的生活持续了将近一年。我的漫画不光刊登在儿童杂志上，也刊登在车站内的售货店里摆放的杂志上。我以"上司几太"（与殉情未遂的发音相同）这个恶搞的笔名，画了一些下流的裸体画，还在当中插入了一些《鲁拜集》里的诗句。

停止徒劳的祈祷

扔掉让人落泪的一切吧

来，干杯！只追忆美好

别去想那些多余的烦恼

用不安和恐怖威胁人的家伙

惧怕自己的罪孽

为防范死者的复仇

不停在脑中算计

昨夜，心因酒足充满欢喜

清晨，相陪的只有悲凉

是何等的奇怪，一夜间

心情迥然相异

请停止作祟的念头！

像响自远方的鼓声

那家伙莫名恐慌

如果放屁都被定罪，怎能挽救？

正义可是人类的指针?

那么，在血染的战场

那暗杀者的刀尖上

又存在何种正义?

哪里存在着真理?

又存在着什么样的睿智之光?

美丽与恐惧并存于尘世

难以承受的重负被迫落在懦弱者的孩子肩上

我们都是被无奈播下的情欲之种

无法摆脱善与恶、罪与罚的宿命

我们只是无奈地彷徨与惊慌

因为神没赐给我们粉碎它们的力量和意志

你在哪里徘徊游荡?

在批判、探讨、重新认识着什么?

哦，是空虚的梦，是不复存在的幻想

嘿，忘了喝酒，一切都是虚妄

仰望无边无际的天空吧

我们不过是飘浮的一个小点

谁能知道这地球的自转？
自转、公转、反转是它的自由

随处感受到至高无上的力量
所有的国家，所有的民族
都不乏相同的人性
难道只有我是异类？

世人都误读了圣训
否则也不会有常识和智慧
严禁肉体之乐，也禁止酒沾口唇
算了，穆斯塔法，最让我忌恨

可那时，却有一位劝我戒酒的少女。

"你这样可不行啊，每天睁开眼就喝得醉醺醺的。"

她是小酒馆对面那家香烟店老板的女儿，年方十七八岁，名字叫良子，皮肤白皙，长着虎牙。每次我去买烟时，她都会笑着忠告我。

"为什么不行呢？哪里不好？有酒就得喝。'人之子啊，消除、消除、消除你心中的憎恶吧'，古代的波斯语里还有'给悲伤疲惫的心灵带来希望的，就只有带来微醺的玉杯'。你懂吗？"

"不懂。"

"傻丫头，小心我亲你一口啊。"

"那你来亲呀。"

她一点也不害羞地噘起了嘴唇。

"傻丫头，一点贞操观念都没有……"

不过，良子的表情中，明显散发出没被任何人玷污过的处女气息。

翌年初一个严寒的夜晚，我醉醺醺地去买烟，不小心掉进了香烟店前的下水道洞口里，我连声呼叫："良子，良子，拉我一把，拉我一把。"良子把我一把拽了上来，还帮我包扎了右手臂上的伤口，当时她表情认真地说：

"你喝太多了吧。"

我并不在乎死，但若是因受伤流血变成残废，我宁死不愿。我一边让良子给我包扎手臂上的伤口，一边心里想，自己真的该戒酒了。

"我戒酒。从明天起，我滴酒不沾。"

"真的？"

"我一定戒，如果我戒了，良子，你愿意嫁给我吗？"

其实，让她嫁给我是一句玩笑话而已。

"当啰。"

"当啰"是"当然啰"的略称。当时流行着各种略称，如"摩男""摩女"（新潮摩登男女之意）等。

"太好了！我们拉钩吧。我一定要戒酒。"

可翌日午后，我又喝起了酒。

傍晚时分，我摇摇晃晃地走出来，晕乎乎地站在良子的店门前。

"良子，对不起啊，我又喝酒了。"

"哎呀，真讨厌，故意装成喝醉的样子。"

我为之一惊，一下子从醉意中清醒过来。

"不，是真的。我真的喝了，才不是故意装醉呢。"

"你别逗我玩了。你好坏呀。"

她一点都不怀疑我。

"你看我一眼不就明白了吗？我今天又是从中午开喝的。请原谅啊。"

"你可真会演戏呢。"

"不是演戏啦，傻丫头，当心我亲你哟。"

"来亲呀。"

"不，我没资格。只能死了娶你的心。你看看我的脸，是不是很红？真的喝酒了。"

"那是因为夕阳照射的关系吧。骗人家也没用呀。昨天都一言为定了。你不可能又喝了。我们拉过钩的。什么喝酒呀，骗人、骗人、骗人！"

良子坐在昏暗的店内微笑着，那白皙的脸蛋，啊，还有她对污秽一概不知的"童贞"，是多么的尊贵。时至今日，我还没跟比我小的处女上过床。那就跟她结婚吧，无论今后会因此遭遇多大悲伤也无妨，一辈子得有那么一次放纵的狂欢才是。虽然我曾认为处女的美，不过是书呆子诗人天真烂漫的感伤幻想，没想到在这个世界上还真的存在。结婚以后，等春天来到时，两个人就可以骑自行车一起去看青叶瀑布。那时，我会当场下定决心，也就是所谓的"一决胜负"的心理，毫不犹豫地盗走这朵花。

　　不久我们便结婚了。从中得到的喜悦并不如想象的那么大，但之后降临的悲哀，却大得超乎想象，是凄惨这两个字都无法形容的。对我而言，世间的确是一个深不可测的可怕之地，也绝不是靠"一决胜负"就可以轻易决定从何开始、从何结束的。

二

堀木与我。

相互轻视，却又彼此来往，而且彼此在交往中变得越来越无趣，如果这就是世上所谓的"交友"状态的话，那我和堀木的关系肯定就是交友的状态。

凭着京桥小酒馆老板娘的侠义之心（女人的侠义之心，这种说法本身就很奇怪，就我的个人经验而言，至少在都市的男女中，女人比男人更具有侠义之心。男人大多提心吊胆，重面子与形式，其实小气），香烟店的良子成为跟我同居的未办结婚登记的妻子，我们在筑地隅田川附近的一家木造二楼公寓，租下一楼的一个房间居住。我戒了酒，全身心地投入已渐渐成为我固定职业的漫画创作中。晚饭后我们俩一起去看电影，回家途中还顺路去咖啡馆小坐，或是买个花盆，不，比起这些，更让我欢心的是听这位完全信任我的小新娘说话，以及看她一举手一投足，一颦一笑，慢慢觉得自己越来越像一个正常人，不至于以悲惨的结局了结自己的一生。可就在我萌发这种想法的时候，堀木又出现在我眼前。

"哟，色鬼！哎哟，你变化还不小呢。我今天可是来帮高圆寺那位女士传话的啊。"

刚一开口，他突然压低嗓门，用下巴指了指正在厨房沏茶的良子，对我说："没关系吧？"

"没关系，尽管说。"我平静地回答道。

事实上，良子可称得上是信赖人的天才，别说是我和京桥小酒馆老板娘之间的事，就算是告诉了她在镰仓发生的那件事，她也不会怀疑我与常子的关系。这并不是因为我善于说谎，有时候我甚至把事情说得再明白不过，但良子好像只当笑话来听。

"你没咋变啊，还是这么得意。其实也没什么事啦，她只是托我告诉你，有空也到高圆寺来玩。"

刚要忘掉时，一只怪鸟振翅飞来，用鸟喙啄破我记忆的伤口。我过去的羞耻和罪恶的记忆，忽然之间又清晰地浮现眼前，哇——想放声尖叫的恐惧袭来，让我坐立不安。

"要不要去喝一杯？"

"好啊。"堀木回答道。

我和堀木外表上颇为相似，有时甚至觉得两个人长得一模一样。当然，这只是四处游荡喝廉价酒时候的事了。总而言之，两个人碰到一起时，怎么看都像是变成了外形和毛发相同的两条狗，在下雪的小巷里蹿来逛去。

从那天起，我们重温过去的交情，一起去了京桥的那家小酒馆，然后，两条喝得醉醺醺的狗还一起去了高圆寺静子的公寓，并在那里过了夜。

那是无法忘怀的闷热夏夜。黄昏时分，堀木穿着皱巴巴的浴衣，来到我筑地的公寓，说是今天急用钱，当掉了夏天的衣服，如果家中老母发觉了这件事，那可就麻烦大了，所以想马上用钱把衣服赎回来，让我借钱给他。不巧的是我当时也囊空如洗，只好按照老办法，吩咐良子去当掉她的衣服。因为借给堀木后还剩下点余钱，就让良子买来烧酒，我和堀木爬到公寓的楼顶，迎着时而吹来的隅田川带着臭水沟味的微风，凑合了几碟简单的纳凉晚宴。

当时，我们开始玩起了猜喜剧名词和悲剧名词的游戏。这是我发明的游戏。名词中有男性名词、女性名词和中性名词之分，同样也理应有喜剧名词和悲剧名词之分，例如，轮船和火车就属于悲剧名词，而市内电车和公共汽车就属于喜剧名词。不懂个中缘由，是不配谈论艺术的，喜剧中只要夹杂一个悲剧名词，就会丧失资格。悲剧也同样。

"准备好了没？香烟是？"我先问。

"悲（悲剧的略称）。"堀木立即回答。

"药呢？"

"是药粉还是药丸？"

“注射。”

“悲。”

“是吗？也有荷尔蒙注射呢。”

“不，绝对悲。针头不就是一个大悲剧吗？”

“好，算我输吧。不过我告诉你，药物和医生出乎意料的还都属于喜（喜剧的略称）呢。那么，死呢？”

“喜。牧师和和尚也都是。”

“答对！那么活着就是悲了吧？”

“不，活着也是喜。”

“不，这么说，一切都成了喜。我再问你一个问题，漫画家呢？这个总不能说是喜了吧？”

“悲，悲。一个大悲剧名词。”

“什么呀，我看你才是一个大悲剧呢。”

变成了这样如此低级的游戏，虽然无聊，但我们自己对这种在上流社会沙龙里未曾有人玩过的智慧游戏感到得意。

当时我还发明了另一种类似的游戏，那就是反义词的猜字游戏。比如黑的反词（反义词的略称）是白，白的反义词却是红，红的反义词是黑。

“花的反词是？”

我这么一问，堀木噘着嘴想了一下。

“嗯，有一家叫花月的餐馆，那就是月。”

“不对，它不能称为反词，不如说是同义词。星星和紫罗兰不就是同义词吗？它不是反词。"

"我明白了，那就是蜜蜂。"

"蜜蜂？"

"牡丹上……蚂蚁？"

"什么呀，那是绘画的主题。你别想打马虎眼。"

"明白了，不是说花朵里云卷云舒……"

"是月亮里云卷云舒吧。"

"懂了，懂了，风对应花，是风，花的反词是风。"

"又错！那不是浪花节①里的句子吗？你的水平露馅了。"

"不对，是琵琶。"

"仍然不对。花的反词嘛……应该举世界上最不像花的东西才对。"

"所以，那是……等一下，难道是女人？"

"顺便问一句，女人的同义词是什么？"

"内脏。"

"看来你对诗歌一点也没有研究。那么，内脏的反词呢？"

"牛奶。"

"这次回答得还算精彩，依次类推，再来一个。耻辱的反词是？"

"不要脸。是流行漫画家上司几太。"

---

① 浪花节，一种三弦伴奏的传统说唱艺术。

"那堀木正雄呢？"

说到这儿，渐渐地我们俩再也笑不出来，心情变得郁闷不堪，脑袋里好像充满了玻璃碎片，那是烧酒醉意中特有的感觉。

"你别臭美，我还没有像你，遭受过被捆绑关押的耻辱呢。"

我大吃一惊。原来堀木在心中并未真正把我当人看，他只是把我当作了自杀未遂、不知耻辱的白痴，也就是所谓的"行尸走肉"，他只是为了取乐自己，最大限度地能利用我就利用，我们仅是这种程度的"交友"而已。想到这一点，心情当然好不起来，但转念一想，堀木这样对我也有他的理由，因为我自幼就是没资格做人的孩童。被堀木瞧不起，理所当然。

"罪，罪的反义词是什么呢？这道题可很难回答哦。"

我装作若无其事的样子问道。

"法律。"

堀木回答得很平静，我又重新看了一下他的脸。在附近楼房霓虹灯的红光照射下，堀木的脸看上去就像魔鬼刑警般的威严。我颇为惊讶地问：

"罪，它的反词不是法律吧。"

竟然说罪的反义词是法律！不过，世人说不定都抱着这么简单的想法平静地生活，以为没有刑警的地方，罪恶才会蠢蠢欲动。

"那么，你说是什么？是神？因为你身上有一种基督教徒的气息，让人反感。"

"不要轻易下结论啦。我们俩再想想吧。你不觉得这是很有趣的话题吗？我觉得单凭这个话题的答案，就能彻底了解一个人的全部。"

"不见得吧。……罪的反词是善。善良的市民，就像我这样的人。"

"别开玩笑了。善是恶的反词，却不是罪的反词。"

"罪与恶难道有什么不同吗？"

"我觉得不同。善恶的概念是人类创造出来的，是人类擅自创造出来的道德词语。"

"你好烦人啊。既然如此，那就是神吧，是神。是神。把一切都归功于神是没错。呀，我肚子好饿啊。"

"良子正在楼下煮着蚕豆呢。"

"太好了！特别喜欢吃蚕豆。"

他交叉的双手枕在脑后，仰躺在地上。

"你好像对罪没什么兴趣。"

"当然啦，因为我不像你是个罪人。就算我吃喝嫖赌，也不会害死女人，更不会勒索女人的钱财。"

我没害死女人，也没勒索女人的钱财——尽管我心中的一隅微弱地发出这样的抗议声，但冷静地重新一想，又犯了以往的老毛病，认为确实是我的错。

我怎么都无法与人面对面争论。我极力地克制着，烧酒阴郁的醉意使我变得更加险恶，我自言自语般说道：

"不过，唯独被关进牢房这件事不算是罪。我觉得只要弄懂了罪的反词，就能把握罪的本质。……神……救赎……爱……光明……可是，神有撒旦这个反词，而救赎的反词应该是苦恼吧，爱的反词是恨，光明的反词是黑暗，善的反词是恶。罪与祈祷，罪与忏悔，罪与告白，罪与……呜呼，全都是同义词。罪的反义词是什么呢？"

"罪的反义词是蜜①，像蜂蜜一样甜蜜。啊，肚子好饿啊，你去拿点吃的过来吧。"

"你自己不会去拿吗？"

我平生第一次用暴怒的声音说道。

"好好好，那我就到楼下去，和良子一起犯罪吧。与其贫嘴，莫如干实事。罪的反词是蜜豆，不，难道是蚕豆？"

堀木已经醉得舌根发硬，语无伦次。

"随你便，滚得越远越好！"

"罪与饿，饿与蚕豆，不，这是头一次吧。"堀木一边胡言乱语，一边站起身来。

罪与罚。陀思妥耶夫斯基。这几个字倏地一下掠过我大脑的一隅，使我猛然一惊。说不准陀思妥耶夫斯基不是把罪与罚当作同义词，而是把这两个字刻意排列在一起呢。罪与罚，绝

---

① 日语中"蜜"是"罪"的相反发音。

无相通之处，而是水火不容的两个字。把罪与罚视为反词的陀思妥耶夫斯基，他笔下的绿藻、恶臭的水池、乱麻交错的内心……啊，我明白了，不，还没有……正当这些思考如走马灯一样，不断在我的脑际闪现着旋转时，堀木喊道：

"喂！这哪是什么蚕豆啊，你快过来！"

堀木的声音和表情骤变。他刚刚摇摇晃晃地起身下楼，咋这么快又上来了。

"怎么了？"

周围的气氛异常紧张，我们俩从楼顶下到二楼，再从二楼下到我一楼房间的楼梯上，堀木停下脚步，用手指着小声说道：

"你看！"

我家房间上方的小窗敞开着，房间内可一览无余。灯亮着，有两只动物。

我感到头晕目眩，急促呼吸的同时，在心中不停地嘀咕："看看，这就是人的姿态！这就是人的姿态！没必要去大惊小怪。"我甚至忘了去救良子，呆立在楼梯上。

堀木大声干咳了几下。我逃窜似的又跑回楼顶，躺在地上，仰望噙满雨水的夏日夜空，那时袭扰我的情感不是愤怒，也不是厌恶，更非悲伤，而是极度的恐惧。它不是对坟墓幽灵的恐惧，也许是在神社的杉树林中，撞见缥缈的白衣神灵时，所产生的那种古老、残酷、难以言喻的恐怖感。从那天夜晚起，我长出了白发，渐渐对一切失去信心，渐渐对人充满无限的怀疑，永久远离对人世生活的一切期待、喜悦与共鸣。事实上，这是我人生中最具有决定性的一次事件。我的眉间被迎面砍伤，从此，无论我接触什么样的人，都会感到那伤口的隐痛。

"真的很同情你，不过，这一下子你也该多少体会到一点了吧。我不会再到你这里来了，这里简直就是地狱。……你可得原谅良子啊，因为你小子也不是一个什么好东西，我告辞了。"

堀木才没那么傻，会在这样尴尬的场面久留。

我站起来，独自喝着烧酒，开始号啕大哭。嗓子都要哭哑了，泪水还是止不住。

不知何时，良子端着满满一盘蚕豆，神情茫然地站在我的背后。

"我反正什么都没做……"

"行啦行啦，什么都别说了。你是不懂得怀疑人的人。坐坐坐，一起吃蚕豆吧。"

我们并肩坐下，吃着蚕豆。呜呼，信赖也是罪过吗？那个男人三十上下，是一个不学无术的矮个头商人，常常来找我画漫画，每次都会装模作样地留下一些钱，然后才离去。

后来那个商人就再也没有来过。不知为何，比起对那个商人的憎恶，倒是堀木，他最初发现时，没有在第一时间大声咳嗽阻止，就那么跑回楼顶来告诉我，这种憎恨和愤怒会常常在我辗转难眠时涌上心头，让我唏嘘不已。

不是原谅和不原谅的问题。良子是一个信赖人的天才。她是不会怀疑人的人。正因如此才悲惨。

我问神灵，信赖也是罪过吗？

对我来说，比起良子的肉体遭到玷污这件事，良子的信赖被玷污，才是造成我日后无法活下去的苦恼根源。对我这种可恨又畏缩、总看别人脸色行事、信赖别人的能力出现裂痕的人而言，良子那纯洁无瑕的信赖之心，就如青叶瀑布一样清澈干净。可是，一夜之间它却变成了黄浊的污水。你看，良子从那天晚上开始，连我的一颦一笑都十分在意。

"喂。"

我每次叫她，她都会吓得一哆嗦，目光不知该投往何处。无论我再怎么逗她笑，甚至做出搞笑那一套，她始终战战兢兢，手足无措，还乱用敬语跟我说话。

纯洁无瑕的信赖之心，难道是罪恶之源吗？

我查阅了许多妻子被人奸污这方面故事内容的书，但没有一个女人像良子一样遭受如此悲惨的侵犯。这简直是天方夜谭。在那个矮个子商人和良子之间，倘若有那么一点近似于恋爱的情感，我的心情说不定反而会好受一点。然而，就是在夏日的某个夜晚，良子相信了那个商人，仅此这一点，我也因此被人迎面砍伤了眉间，哭哑了嗓子，长出了白发，使得良子不得不一辈子在我面前畏畏缩缩。大部分的故事，似乎都把重点放在了丈夫是否原谅妻子的"行为"上，但对我来说，并不觉得是什么痛苦的大问题。原谅，不原谅，保留这种权利的丈夫才是幸运，倘若认为妻子无法原谅，也没必要大吵大闹，赶快离婚再娶一位就行了。如果做不到，那只好"原谅"妻子，咽下这口气。总之，只要丈夫横下心，就能平息方方面面的事态。话又说回来，这种事对丈夫而言确实是不容置疑的打击，但即便是"打击"，也与没完没了涌来涌去的浪涛有所不同，拥有权利的丈夫可以通过愤怒，处理这种纠纷。可我的情况呢，身为丈夫却没有任何权利，一想到这里，就越觉得好像是自己的错，别说愤怒了，我甚至连一句牢骚都不敢发。妻子是因为她与众不同的优秀品质遭到了侵犯。而且，那种优秀品质也是丈夫早有的憧憬——怜爱有加、纯洁无瑕的信赖之心。

纯洁无瑕的信赖之心，也是一种罪过吗？

我对这唯一寄托的优秀品质都产生了疑惑，一切变得越来越莫名其妙，自己能前往面对的只有酒。我的面部表情变得极度卑贱，早晨睁开眼就喝烧酒，牙齿脱落了好几颗，所画的漫画几乎是清一色下流的春宫图。不，坦白说，从那时起，我开始暗中兜售自己临摹的春宫图了，因为我需要烧酒钱。看着总是畏畏缩缩不敢正视我的良子，我心里想，她是一个完全没有戒心的人，或许不止一次跟那个商人发生过关系吧，还有，跟堀木呢？不，说不定跟某个我不知道的人也有过吧。这样越想疑惑越深，但我没有当面盘问她的勇气，只能被以往的不安和恐惧所折磨，只有在喝醉之后，才敢缩手缩脚地试着以卑屈的诱导方式询问几句。心中虽喜忧参半，表面上却装出拼命搞笑的样子，然后，对良子施以地狱般令人作呕的爱抚，如同一堆烂泥一样睡去。

那一年年末，我喝得酩酊大醉，半夜三更回到家，想喝一杯糖水，见良子已经熟睡，便自己到厨房找糖罐，找出来打开盖子一看，一点砂糖都没有，只有一个黑长的纸盒，我随手取出来，看了看贴在盒子上的标签，顿时一阵愕然。那标签已被指甲抠掉了一多半，但英文的一部分还留着，清楚写着：DIĀL。

DIĀL。那时我全靠烧酒助眠，没服用过安眠药。但因为失眠是我的老毛病，所以对大部分安眠药比较熟悉。一盒 DIĀL 的量，足以置人于死地。盒子虽还没拆开，但良子肯定动过轻生的念头，不然不会抠掉纸盒上标签藏在糖罐里吧。真的可怜，她因为看不懂标签上的英文，才用指甲抠掉了一大半，以为这样就不会有人发觉（她这样也没错）。

我尽量不弄出声音，悄悄地倒满一杯水，然后慢慢撕开纸盒，把全部药粒放入口中，冷静地喝完杯子里的水，就那么关灯睡觉了。

据说整整三天三夜，我睡得像死了一样。医生认为是过失所致，犹豫着一直没有报警。还说我醒来说的第一句话是"我要回家"，我所说的"家"，究竟是指的哪里呢？我自己也不得而知。总之，据说我说完这句话后，大哭了一场。

眼前的雾渐渐散去，我定睛一看，比目鱼板着脸，一副极其不悦的神情，坐在我的枕头边。

"上次也是发生在年末，这个时候大家都忙得团团转，可偏偏在年末干出这样的事，存心是想让我也搭上一条命。"

比目鱼跟京桥那家小酒馆的老板娘发着这样的牢骚。

"老板娘。"我喊道。

"嗯，什么事？你醒过神来了？"老板娘的笑脸好像摞在我的脸上，回答道。

我怆然泪下。

"让我与良子分手吧。"

连自己都觉得意外，竟然说出这样的话。

老板娘站起身，轻轻地叹了口气。

接下来我又失言了，而且更加意外，不知该说是滑稽还是愚蠢。

"我要去没有女人的地方。"

"哈哈哈。"先是比目鱼张口大笑，老板娘也随之哈哈笑出声，我自己也流着泪，羞红着脸，苦笑起来。

"嗯，这样比较好。"比目鱼一脸坏笑地说，"你最好去没有女人的地方。只要有女人在，你就没救。去没有女人的地方，是个不错的主意。"

没有女人的地方。我愚昧的胡言乱语，日后竟然化作了悲惨的现实。

　　良子仿佛觉得我替她喝下了那些毒药，因此在我面前显得更加畏缩与拘谨，无论我说什么，她都不苟言笑，也不怎么接我的话茬。整日待在屋内实在让我觉得烦闷，于是，我又像以往一样，常常到外面喝廉价酒。但自从发生那次安眠药事件后，我的身体明显消瘦了许多，手脚无力，连画漫画都提不起精神。比目鱼当时来探望我留下了一笔慰问金（"这是我的一点心意"，听比目鱼的口气，这些钱好像是他掏腰包拿出来的，其实不然，这是老家哥哥们寄来的钱。这个时候，我已不是当初逃离比目鱼家时的我了，能隐隐约约地看穿他装模作样的表演，所以我也狡猾地装出什么也不知道，向他道谢。不过，比目鱼为什么非要拐弯抹角地使出这些花招呢？我对此似懂非懂，觉得很是奇怪）。我用这笔钱，一个人去了趟南伊豆温泉，但我不是那种悠然享受温泉之旅的人，旅途中一想到良子，便感到寂寞难耐，根本不能以平静的心情，透过旅馆的窗户，眺望逶迤的远山。在房间里，我既没有换上旅馆的棉和服，也没去池子泡温泉，而是跑到旅馆外，跑进一家脏兮兮的茶馆，猛喝烧酒，让身体变得更加虚弱，然后返回了东京。

那是东京大雪纷飞的一个夜晚。我醉醺醺地彳亍在银座的小巷，小声反复哼唱着："这里离故乡几百里，这里离故乡几百里。"边走边用鞋尖踢散路上的积雪，突然，我呕吐不止。这是我第一次吐血。雪地变成了一面偌大的太阳旗。我在地上蹲了许久，然后用双手捧起没有弄脏的雪，边洗脸边哭。

　　这条路是哪里的小路？
　　这条路是哪里的小路？

　　一个小女孩忧伤的歌声宛如幻觉，隐隐约约地从远处传来。不幸，这个世界上有许许多多的不幸之人，不，即便说所有人都是不幸之人，也不为过。可是，他们的不幸可以名正言顺地向世人发出抗议，而且"世人"也很容易接受和同情他们的抗议。但我的不幸全部源于自身的罪恶，无法向任何人抗议，如若我吞吞吐吐说出一句类似于抗议的话，不仅只是比目鱼，肯定所有的世人都会对我的话惊讶得无言以对。我真的是俗话里所说的为所欲为的任性，还是完全相反，过于唯唯诺诺了呢？这一点我自己也搞不明白。总之，我是罪恶的综合体，只会变得越来越不幸，没有加以防范的具体对策。

我站起身，想着先去买些什么药，便走进了附近的一家药店，在店里与老板娘打照面的瞬间，老板娘像是被闪光灯照到了面孔，抬头睁大了双眼，一动不动地呆立在原地。但她睁大的双眼里，感觉不到惊愕和厌恶之色，而是流露出既像求救，又像爱慕的神情。啊，这个人也肯定是不幸之人，不幸之人总是敏感于别人的不幸。正当我这样想时，我发现那位老板娘手拄着拐杖，颤悠悠地站着。我克制住想冲过去的冲动，继续与她面面相望时，泪水禁不住夺眶而出。而此时，泪水也从她的眼睛里簌簌落下。

就这样，我一句话也没说，走出了那家药店，摇摇晃晃地回到公寓，让良子给我冲了一杯盐水，喝完后默然睡去。第二天，我谎称自己感冒，躺了整整一天。晚上，我对自己咯血的秘密深感不安，便起身又去了那家药店，这次我面带笑容，坦白说出了自己的身体状况，向她咨询。

"你必须马上戒酒。"

我们就像一家人一样亲近。

"也许是酒精中毒吧，我现在还想喝呢。"

"绝对不行。我丈夫患有肺结核，却说酒能杀菌什么的，每天饮酒不断，结果缩短了自己的寿命。"

"我非常不安，担心害怕得不知道如何是好。"

"我开药给你。酒必须得戒掉。"

老板娘（她是一名寡妇，膝下有一个儿子，考上了千叶还是什么地方的医科大学，不久就患上了跟他父亲同样的病，现在正休学住院接受治疗，家里还躺着一位中风的公公，而她自己在五岁时因患小儿麻痹症，一条腿已行动不便）拄着拐杖，啪嗒啪嗒翻箱倒柜地找出各种药品。

这是造血剂。

这是维生素注射液，这个是注射器。

这是钙片，这是淀粉酶，可以治疗肠胃病。

这是什么，那个怎么服用，她充满爱心地给我介绍了五六种药，但这位不幸的老板娘，她的爱对于我来说太过沉重。最后她嘱咐我"这个药是你实在控制不住想喝酒的时候服用的"之后，迅速将药包在一个小纸盒里。

这是吗啡注射液。

老板娘说这种药比酒的危害小，我也就听信了她的话，况且当时我正好也觉得酗酒很不道德，能摆脱酒精这个撒旦的长期纠缠也算一种喜悦，于是毫不犹豫地在自己的手臂上注射了吗啡，把不安、焦虑、害臊全部清除干净，我一下子变成一个开朗的雄辩家。而且，每当注射完吗啡，我便忘记身体的虚弱，专注于自己的漫画工作，常常是画着画，就浮现出妙趣横生的联想。

本来是一天注射一针，渐渐变成两针，最后增加到一天四针时，一旦缺了它，我便无法正常工作。

"这样可不行啊。一旦上瘾可就惨了。"

听老板娘这么一说，我才发现，自己已经严重上瘾（实际上我对别人的暗示很敏感，很容易受到影响。比如别人跟我说"这笔钱不能花啊，不过嘛这是你自己的事"，我就会产生一种奇怪的错觉，觉得不花掉那笔钱，反而辜负了对方的期待，所以一定会马上花掉）。由于上瘾的不安，我对药品的需求越来越多。

"拜托了！再给我拿一盒吧，月底我一定会把药费带过来。"

"钱没关系啦，什么时候都行，只是警察追查起来很烦。"

啊，我的周围总是笼罩着一股浑浊、灰暗、形迹可疑的气息。

"你尽量想法帮我应付一下，拜托了，老板娘。我亲你一下吧。"

老板娘的脸一下子羞得通红。

我又趁机说道："没有药，工作根本无法进行。对我来说，它就像壮阳药。"

"那你还不如注射荷尔蒙呢。"

"你可别开玩笑了。要么靠酒，要么靠药，二者缺一，我都无法正常工作。"

"酒可真的不行。"

"是吧？自从用了这种药后，我可是滴酒未沾呢。多亏了它，身体状态非常好。我也不打算一直画那些不入流的漫画，今后，把酒戒掉，养好身体，努力用功，当一名伟大的画家。眼下正是关键时期，所以拜托你了。我亲你一下吧。"

老板娘笑了起来。

"真拿你没办法，你上瘾了，我可管不了呀。"

她哒哒哒地拄着拐杖，从药架上取下药。说：

"不能给你一整盒，你马上就会用完，只给你一半。"

"真小气啊，好吧，也没办法。"

回家后，我立刻打了一针。

"不疼吗？"良子担惊受怕地问道。

"当然疼啦。可是，为了提高工作效率，就算不愿意也只能这么做啊。我最近特别精神，是不？好了，要工作、工作、工作了。"我兴奋地说道。

我还曾在深更半夜敲过药店的门。老板娘穿着睡衣，哒哒哒地拄着拐杖走出来，我突然抱住她亲，还一边装哭。

老板娘一言不语，递给我一盒药。

药也跟烧酒一样，不，甚至比烧酒更可恶更肮脏，当我认识到这一点时，已彻底染上了毒瘾，真的是无耻之极。为了得到那种药，我又开始临摹春宫图，并与药店的残疾老板娘发生了丑陋的那种关系。

我想死，强烈地想死，一切都无法挽回，无论做什么事，怎么做都只是徒劳一场，徒增耻辱而已。骑自行车去青叶瀑布的愿望已荡然无存，有的只是在污秽的罪恶上重叠可耻的罪恶，增添苦恼。我想死，强烈地想死，活着本身就是罪恶的根源。虽然这么想，但还是依然近乎疯狂地往返于公寓与药店之间。

不论做再多工作，因为药品的使用量也随之增加，所积欠的药费已高得惊人，老板娘见到我就两眼含泪，而我也禁不住潸然落泪。

地狱。

为了逃出地狱，我使出了最后一招，如果这一招也以失败告终，那就只能悬梁自缢了。我把神的存在作为赌注，鼓起勇气给家里的老父亲写了一封长信，向他坦白了我目前的真实情况（关于女人的事，我最终还是没敢写进信里）。

可是，结果更糟糕，左等右盼一直杳无音信，等待的焦虑与不安，反而让我又加大了药量。

今晚，干脆一次连续注射十针，然后跳进隅田川一死了之。就在我这样暗暗下决心的下午，比目鱼就像有恶魔的直觉一样嗅出了我的念头，带着堀木出现在我的面前。

"听说你咯血了呢。"

堀木在我面前盘腿坐下，说道。他的脸上浮现出我从未见过的亲切微笑，那微笑让我感激，又让我欢喜，我不禁背过脸，泪流满面。而且，仅仅是因为他亲切的微笑，我便被彻底打败，被彻底埋葬了。

我被送上汽车。"你必须得先住院治疗，其他的事情由我们来办就行了。"比目鱼用平静的语气劝着我（那是足以用大慈悲来形容的平静语气），我仿佛是一个缺乏意志力和判断力的人，抽抽搭搭地哭泣，唯唯诺诺地听从他们俩的吩咐。包括良子在内，我们四个人在汽车上颠簸了很长时间，直到天快黑时，才抵达了森林中的一家医院的门口。

　　我以为是一家结核病的疗养院。

　　我接受了一名年轻医生亲切而又细致的检查。然后，这位医师腼腆地笑着对我说：

　　"好了，你就在这里静养一段吧。"

　　比目鱼、堀木、良子把我一个人留下，都回去了，良子临走前还交给我一个装有换洗衣服的包袱，然后悄悄地从腰带间取出注射器和用剩下的药品。她好像真的认为那就是壮阳药呢。

　　"不，我已经不需要了。"

　　这其实是很少见的一件事，把它说成是我人生中唯一的一次拒绝别人劝诱，都不为过。我的不幸就是缺乏拒绝能力者的不幸。拒绝对方的劝诱时，最让我恐惧的，是在对方和自己的心中留下一条永远无法修复的裂痕。可是，我当时却很自然地拒绝了曾经疯狂寻求和依赖的吗啡。也许是被良子那"如神灵般的无知"所打动了吧。在那一瞬间，难道不是已摆脱了上瘾吗？

　　可是，之后很快地，我被那位腼腆微笑的年轻医师领进了某一栋病房，咔嚓一声，门被锁上。这里是一所精神病医院。

"我要去没有女人的地方。"我在服用安眠药时的胡言乱语，竟然奇妙地变成了现实。这栋病房里，清一色是男性的精神病患者，连看护者也是男性，没有一个女人。

我现在已不再是罪人，而是疯子。不，我绝对没疯，一刻也没疯过。据说，大部分的疯子都会这么说自己。换言之，被关进这所医院的人是疯子，没被关进来的则是正常人。

我质问神灵：不抵抗也是一种罪过吗？

面对堀木那不可思议的美丽微笑，我泪流满面，忘了判断和抵抗，就坐上车，被带到这里，变成了一名疯子。即使我现在马上从这里出走，也会被人们在额头上烙下疯子的印记，不，或许烙下的是废人吧。

丧失做人的资格。

我已彻底变得不再是个人了。

来到这里时正值初夏，从铁窗向外望，能看见医院院内小小的池塘里，绽放着红色的睡莲。三个月过去了，医院院内的波斯菊开始含芳吐艳。这时，万万没想到老家的大哥带着比目鱼前来接我出院，大哥仍如从前，用认真略带严肃的语调告诉我："父亲在上个月末因胃溃疡去世了，我们对你既往不咎，也不会让你为生活操心，你什么都不做也可以，但有一个前提条件——你必须马上离开眷恋不舍的东京，回家好好疗养身体。你在东京惹下的祸，涩田先生都处理得差不多了，你不必挂心就是了。"

突然觉得故乡的山河浮现在眼前，我轻轻地点了点头。

真正的废人。

得知父亲病故后，我变得越发萎靡不振。父亲已经不在
了，他那可亲而又可怕的存在一刻也没有离开过我。父亲不在
了，我觉得自己苦恼的坛子顿时变得空空荡荡。我甚至还在心
里想，自己苦恼的坛子之所以如此沉重，也都是因为父亲的缘
故吗？我像泄了气的气球，甚至丧失了苦恼的能力。

大哥完全履行了他对我的承诺。从我生长的小镇坐四五个
小时的火车南下，那里有一处东北地区少有的温暖海滨温泉，
村头有五间屋大小的老房子，墙壁斑驳，房屋的竹子上满是虫
蛀，几乎到了无法修缮的程度。大哥为我买下这一栋茅草屋，
还为我雇了一个年近六旬、极其丑陋的红发女佣。

之后又过去了三年，在此期间，我多次遭到那个名叫彻子
的老女佣奇怪的侵犯。有时我们会像夫妻一样吵架，我的肺病
时好时坏，身体忽瘦忽胖，还伴随有咳血痰。昨天，我让彻子
去村里的药店帮我买一盒卡尔莫钦，她买回来的盒子形状与往
常的不同，我也没去特别留意，临睡前一次服用了十粒，却还
是无法入睡。正当我感到纳闷时，觉得肚子十分难受，就急忙
冲进了厕所，结果狂泻不止，之后又连续三次跑进厕所。心中
疑窦重重，拿起药盒定睛一看，原来是一种叫海诺莫钦的泻药。

我仰卧在床，肚子上放了个热水袋，想冲着彻子大发一顿

牢骚。

"你买的药不是卡尔莫钦，是海诺莫钦啊。"

我刚一开口，便忍不住笑了起来。"废人"，这的确像一个喜剧名词。想睡觉时，却误服了泻药，而且泻药的名字就叫海诺莫钦。[①]

对于现在的我，既没有幸福，也没有不幸。

只是，一切都将消逝。

我阿鼻叫唤[②]着活到今天，在这个人类世界里，只有、只有这句话是唯一的真理。

只是，一切都将消逝。

我今年二十七岁。由于白发明显增多，看到我的人，一般都认为我已经四十多岁了。

---

① 海诺莫钦疑似是太宰治虚构的药名。此处是主人公买错药后的自嘲。
② 阿鼻叫唤，出自梵语，陷入"阿鼻地狱"后的呼喊声。

后记

　　我并不直接认识写下这篇手记的疯子，但我认识跟手记中的登场人物雷同的、京桥小酒馆的老板娘。她身材娇小，气色欠佳，长着细长的丹凤眼，挺着高鼻梁，与其说是一个美人，不如说更像带给人一种硬派感觉的俊美青年。这篇手记好像主要描写昭和五年至七年间的东京风情。那家京桥的小酒馆，我被朋友带去过两三次，在那里喝过 Highball①，当时是昭和十年前后，也就是日本的"军部"不加掩饰即将日益猖獗的时候。所以，我不可能有机会认识写下这篇手记的那个男人。

　　然而，今年二月，我去拜访了疏散到千叶县船桥市的一位朋友。她是我大学时代的校友，现在是某女子大学的讲师。事实上，我曾委托过这位友人给我的一位亲戚说媒，来找她也有

---

① Highball，由威士忌和苏打水兑制的鸡尾酒。

这层意思，同时也想顺便买一些新鲜的海产品给家人尝尝，于是，我背上背包，就出发去船桥市了。

船桥市是一个毗邻泥海的大城市。我的这位朋友是刚迁来不久的新住户，再怎么向当地人说明她的门牌号，都打听不出个一二三来。天气寒冷，背着背包的肩膀也酸痛了很久，之后我在小提琴声的吸引下，推开一家咖啡馆的店门。

店里的老板娘总觉得有点面熟，询问之后才知道，原来她就是十年前京桥那个小酒馆的老板娘。她似乎也马上想起了我，我们彼此都颇为吃惊，然后相视而笑。我们没有按当时的寒暄习惯，询问彼此遭遇空袭的经历，而是相互夸耀般地说道：

"你是真的一点没变啊。"

"没有啦，老了，都变成老太太了。一身老骨头都快要散架了呢。你看上去才真年轻呢。"

"哪里哪里，我都有三个小孩了。今天就是为了孩子们才来这里买些东西呢。"

等等，我们像久别重逢的朋友，彼此寒暄着一些客套话，接着互相打听共同认识的朋友的近况。不一会儿，老板娘语气一转，问我："你认识小叶吗？"我说"不认识"。老板娘走进柜台内，拿来三本笔记本和三张照片，交给我说道：

"说不定能当作小说题材呢。"

我向来无法把别人强塞给我的素材写成小说，所以我本想当场还给她，但却被那几张照片所吸引（关于那三张照片的怪异之处，我在序曲里已提及），于是，我决定姑且先代为保管几天，等回去时再顺道拐来还给她。我问老板娘，住在某某街某某号名叫某某女士的女子大学讲师，你知道吗，老板娘说知道，因为她们都是刚迁来的新住户，老板娘接着还说，我的这位讲师朋友有时会来店里喝咖啡，就住在附近。

那天晚上，我和这位讲师朋友喝了点酒，打算住在她家。那一晚，我整整一夜没有合眼，一直在埋头阅读这三篇手记。

手记里写的都是以往的故事，但现代人看了肯定也会很感兴趣。我想，与其拙劣地去添笔润色修改，不如原封不动寄到杂志社发表更有意义。

给孩子们买的海产品尽是干货。我背着背包，告别朋友，又来到了这家咖啡馆。

"昨天谢谢你了。不过……"我马上直奔主题，说道，"这些笔记本，能借我一段时间吗？"

"可以啊，请。"

"这个人还健在吗？"

"啊，这我可就不知道了。大约十年前，一个装着笔记本和照片的邮包，寄到了京桥的店里，寄件人是小叶没错的，但邮包上却没有写他的地址和名字。大空袭时，邮包和其他东西混在一起，不可思议地逃过一劫，前一阵子，我才把它读完……"

"你读哭了吗？"

"没有，与其说哭，哎……怎么说呢，废了，人要是变成那个样子就废了。"

"从那以后，十年都过去了，他也许已不在人世了吧。毫无疑问这是作为对你的感谢，才特意寄给你的吧。虽然个别处略显言过其实，你似乎也受到了不少牵连和伤害吧。如果手记里写的都是事实，如果我也是他朋友的话，说不定也会带他去精神病医院。"

"都是他父亲的过错。"她漫不经心地说道，"我们认识的小叶，性格直率，为人聪慧，他要是不喝酒的话，不，即使喝酒……也是一个像神一样纯粹的好人。"

译后记：温柔与纯粹的生死劫

经典名作破茧时

编译完太宰治年谱，我才知道《人间失格》的写作地点不只是太宰治的家，他是先后辗转多地写完了这部中篇。1948年3月7日，太宰治在筑摩书房社长古田晁的精心安排下，独自南下踏上了写作之旅，前往静冈县温泉圣地的热海市，在下榻的起云阁别馆专心创作《人间失格》，并在此写完第二手记。

古田晁安排太宰治去热海写作有两种用意，一是远离闹区，躲人耳目和骚扰，希望太宰治能在一个安静舒适的环境中创作出不朽的作品；二则热海离太宰治的情人太田静子的家不远，便于见面。此时太田静子为太宰治生下女儿太田治子不足四个月。相关文献和回忆录记载，太宰治在热海写作期间，并未频繁跟太田静子见面，原因是三个月后跟他一起投水自杀的另一个情人山崎富荣把他盯得很紧，还时常来热海与太宰治团聚。

太宰治 4 月初返回位于东京西郊三鹰市的家中继续写作，在 25 日登门拜访作家丰岛与志雄，26 日去本乡（东京大学附近）造访筑摩书房后，在山崎富荣的陪同下，又于 4 月 29 日至 5 月 12 日，前往埼玉县大宫市（现在的埼玉市）大门町三丁目小野泽清澄的家闭关写作，在小野泽家二楼八张榻榻米大的和式房间写完了《人间失格》。

来小野泽的家写作还有一个目的，据说是为了太宰治看病方便，小野泽的家离太宰治看病的"宇治医院"徒步只需五分钟。这家医院是古田晁妻子的姐夫开的，自然也是古田晁介绍的。小野泽是一位在大宫市经营天妇罗"天清"餐馆的老板，是古田晁的长野县同乡，也是挚友。不言而喻，来大宫写作同样是古田晁的安排。

最初诞生《人间失格》的起云阁，始建于太宰治 10 岁时的 1919 年，在变成旅馆之前，一直是作为热海地区的三大别墅而闻名。1947 年，也就是太宰治来写作的前一年，由别墅改为旅馆对外营业，至今仍是热海具有代表性的温泉旅馆，馆内设有和式、中式庭园和欧式建筑，三面环海，环境优美。

据说起云阁每年都有很多名流俊士前来住宿，尤其是文人墨客，山本有三、志贺直哉、谷崎润一郎、舟桥圣一、武田泰淳等这些在日本文学史上赫赫有名的文豪级作家，都曾长期在此居住并留下过代表作。这一点对太宰治而言，是不是也具有一定的吸引力，不得而知。

《人间失格》分三次发表于当时日本文学界颇具影响力的综合文学月刊《展望》。第一部分发表于太宰治生前的 6 月号，剩下的章节以连载的形式发表于太宰治死后的 7 月号和 8 月号。《展望》杂志由筑摩书房创刊于 1946 年，到 1951 年停刊共出版了 69 期。1964 年复刊，到 1978 年彻底停刊又出版了 167 期。主编是作家和批评家臼井吉见。除《人间失格》外，《展望》杂志还发表过太宰治的《冬日烟花》（1946 年 6 月号）和《维庸之妻》（1947 年 3 月号）等。这家杂志不仅推出过不少文学新人，也是活跃于当时文坛的大冈升平、中野重治、宫本百合子等作家和批评家发表作品的重要园地。

"弱者"的代言人

太宰治在短短的一生中，创作了博大精深庞杂的作品群，涉猎小说、随笔、剧本、批评、传记等体裁。

其实，他的黄金写作时间算起来不足十年，近十年中，除去酗酒、与情人约会、看病住院、失眠补觉等，他真正用在写作上的时间或许更短。《人间失格》堪称经典中的经典，与描写没落上流阶层的《斜阳》形成阴阳两极，都具有跨越时间、空间和时代的力量，包括他更具有经典性的短篇系列。但就个人兴趣来说，我更倾向于看重《人间失格》独特的小说结构和无懈可击的普遍性。

《斜阳》的经典性毋庸置疑，也是太宰治生前唯一一本畅销书，出版后很快被改编成电影、广播剧和歌舞剧，而且这篇小说还在当时的日本社会掀起了"斜阳族"现象。虽然如此，可一想到《斜阳》是参照太田静子的日记写成，就总觉得这一点是它美中不足的瑕疵。这样认为并不是被数十年后太宰治的非婚生女儿、作家太田治子在书中披露的信息所左右——《斜阳》里的不少情节直接引用了她母亲太田静子的日记原文，而是因为跟《人间失格》相比，《斜阳》有明显的时代印痕。

《人间失格》在形式上属于日本的私小说门类，本质上其实是作者在自身真实生命经验基础之上虚构的、震撼人心的悲催命运的交响曲，也是一部太宰治自己的精神自传，或是他为日本人描绘的自画像。社会的黑暗，内心的丑恶与阴暗，世间的无情，活着的虚无，青春的迷惘，人的伪善与虚情假意，无耻与狡诈，堕落与颓废，孤独与绝望，自暴自弃，无理想无追求无目标，酗酒贪色，怯弱与恐惧，等等，虽然小说通篇都是在表现人与社会消极和黑暗的一面，但实际上是作者摘掉了每个人或多或少戴着的虚伪面具，让一个纯粹无垢、敏感温柔而又带有强烈反叛精神的灵魂，赤裸而透明地呈现在这个肮脏的人世间。

小说中的主人公大庭叶藏被刻画得活灵活现，他栩栩如生的形象超越时间、时代、人种、文化和宗教的樊篱，不仅不会因年代的久远变得陈旧与过时，反而随着时间的推移与年代的久远变得愈加生动与逼真，就是这么一位与世界和世俗格格不入的局外人，他在不安稳的社会和充满伪善的人世间到处碰壁，最终变成了废人。这个看似缺乏积极向上，以自我毁灭的方式挑战公序良俗，抑或说近乎病态畸形的故事，实际上带有强烈的魔幻现实主义色彩。在消极与颓废的背后，太宰治以敏锐的洞察力和独特的写作手法，刻画了人性的自我革命，定格了人在世间短暂逗留的永恒形象，力图通过自己的笔墨为伤痕累累的灵魂涂上永不褪色的悲剧色彩，在绝望中毁灭希望，在颓废中凸显人性。

太宰治用自己的视线和思想，甚或说用自己的生命，为读者勾勒出一幅"弱者"在世间的生存百态画卷。这是一场与众不同的文学飨宴，通过对负面形象细腻传神、纤毫毕现的刻画，让读者感受和窥见世界的真面目和人性深处的真实镜像。某种意义上，《人间失格》是"弱者"的代言人。

《人间失格》出版后，褒贬不一的评价持续了很长时间。但近二三十年来，诋毁的声音渐渐消失，肯定的文章和研究的学术文论日渐增加。值得一提的是，一些批判和质疑《人间失格》的文章，剖析文学性和细读文本的不多，大多数是站在道德的制高点对此说三道四。文本决定一切，也是绝对的，时间证明了这些批评家的短见和观点的苍白无力。

　　《人间失格》出版七十余年以来，单是新潮社的一本文库版就累计销售了 670 多万册，加上其他出版社的版本和收录在各种选集里的贩卖总数，据说超过 1200 万册。这是《人间失格》创下的文学销量奇迹。二十世纪九十年代末，《人间失格》的初稿被发现，写满了 157 页稿纸，修改的痕迹密密麻麻，清晰可见。

　　在日本战后文坛，《人间失格》与夏目漱石的《心》是持久常销最受欢迎的两部小说。已故武藏大学教授鸟居邦朗曾在他的著作里称"太宰治是昭和文学不灭的金字塔"。同样在西方，《人间失格》也被从老家视为英语、西班牙语、法语、德语等语种里的经典翻译文学作品。

　　No Longer Human（唐纳德·金译）是《人间失格》的英文版书名。翻译成汉语则为《不再是人》。由于日语属于汉字文化圈，汉字在日语的三种表记文字中扮演着最为重要的角色，"人间失格"才能便利地用拿来主义原封不动地移植到汉语中。中日两种语言中尽管都在使用着"人间"这一词，但现代日语中的"人间"一词，要比在汉语里承载的意思宽泛和具体得多。"人间"在日语中，除了指单数的个人和复数的人类、人们、人人、人群等之外，还包含有人品、为人、人格、品质、人物这些所指，另外还有人居住的世界、人世间等。日语中由"人间"组合的词组数不胜数，如"人间科学""人间国

宝""人间像""人间味""人间本位""人间疏外"等等。

无赖派之"死"，太宰治之"活"

无赖派作为日本战后率先流行起来的一个文学流派，由坂口安吾、太宰治而兴起，也是由他们俩一手主导。二战之后，在对日本整体近代文学批判的基础上，出于反叛传统文学的汉文学和和歌的目的，强调文学中通俗性的重要性，试图通过复活江户时代的谄媚巴结、诙谐幽默、滑稽搞笑等通俗趣味，最初由作家、批评家林房雄提出了"新通俗派"这一概念。几位作品风格接近的作家被称为"新通俗派"，后来此命名衍生为"无赖派"。太宰治和坂口安吾是这一流派的中心存在。除此之外，还有织田作之助、石川淳、檀一雄（后来获得直木奖的檀一雄公开否认过自己是"无赖派"）等。

"无赖派"虽然在当时引起过广泛关注，在社会上也产生过一定的轰动效应，但就整体上的日本战后文学来看，仍没有跻身于文学的中心位置，而是边缘化的存在。在今天的日本文坛，"无赖派"作家中，除太宰治、坂口安吾之外，几乎无人问津。究其原因，无外乎是他们的观念过时和作品中的时代局限性。换言之，是太宰治的几部小说延续了这一概念的生命。

悲观主义情绪几乎贯穿了太宰治文学的全部。编译太宰治年谱时我发现，他的悲观主义思想似乎是与生俱来的，其形成是否跟他自幼由保姆和姨妈带大，缺乏母爱有关，以及是否由于在少年时代几位姐姐哥哥和父亲相继去世所致，这是值得思考和不容忽视的。

太宰治的思想情感发生骤变是中学时代，他开始发表作品也始于这一时期。作为十七八岁的高中生，太宰治却热衷于参与校内马克思主义者组织的运动。从他20岁第一次服用安眠药自杀，为自己是大地主的家庭出身而苦恼这一理由来看，他当时深受马克思主义和无产阶级思想影响，因这种影响而形成的精神洁癖一直伴随到他最后一次自杀。

从太宰治的随笔和其他文章里不难发现，对于女性和弱者，他是内心拥有至高无上温柔感的人。《人间失格》的故事结构并不复杂，但作品彰显的意义却有不可估量的深度和广度。小说由"序曲""第一手记""第二手记""第三手记""后记"构成，简短的序曲和后记前呼后应、意味深长。

小说中的登场人物依次为：大庭叶藏、竹一、堀木正雄、常子、静子、茂子、老板娘、良子、比目鱼和"我"。主人公叶藏是一位肉体和精神的双重病人，他用自己的病身与病入膏肓的世俗和社会对峙，最终他败下阵来。小说中时而出现的"我"，则以客观理性的视点介入，增强了作品的现实感和真实性。温柔软弱的叶藏扮演着颠倒的人生，家庭的富裕是导致他丧失大志、跌入深渊的主要根源。叶藏强烈的自卑感，精神上的软弱，对人的恐惧，以及对世界的厌恶等等，使他遭受罪感与耻感的双面夹击。对他而言，人世间不存在幸福与不幸。一次次寻求自杀，于他可能是唯一的解脱方式吧。

《人间失格》是一面照出幽灵的镜子，每个活在世上的人都会从它照出自己要么模糊、要么变形的面孔和影子。另一面，它又如同一部警世醒言，提醒世界，请不要忽略和遗忘，甚至歧视弱者的存在。正如小说中引用的《鲁拜集》所写：

> 我们都是被无奈播下的情欲之种
> 无法摆脱善与恶、罪与罚的宿命
> 我们只是无奈地彷徨与惊慌
> 因为神没赐给我们粉碎它们的力量和意志

写完《人间失格》一个月后，1948 年 6 月 13 日晚，在美国统治下的东京西郊，太宰治来到他生命中最后一个情人山崎富荣的住处，两个人为自己的家人和朋友分别写下遗书后，衣着整齐地穿着木屐来到附近的一条小河玉川上水岸边，先是把脱下的木屐并列整齐地摆在一起，然后用山崎的和服腰带把两个人绑在一起投水自杀，为 39 岁的人生画上了句号。

从山崎留下的遗书来看，再推想一下太宰治刚刚在《朝日新闻》和几家杂志上连载小说的状况，突然的自杀存在很多费解之处。况且，他在大宫写完《人间失格》后，曾对小野泽明言，希望不久后还能来他家写作。

我个人推测，太宰治的最后一次自杀，并没有完全做好离开这个世界的心理准备，在他的文学野心正遍地开花的节骨眼上，很有可能是他情人的自杀愿望，唤起了太宰治本已进入冬眠期的自杀情结。在女性面前，太宰治应该是有求必应的人，无法拒绝是因为他内心拥有至高无上的温柔。我对这样的推想没有一点自信，因为人是单纯多变而又令人费解的动物。

当然，也存在太宰治在人生最灿烂的时刻，与自己心爱的人一起结束了自己生命的这种可能性。

田原

2019 年 2 月 26 日
于日本

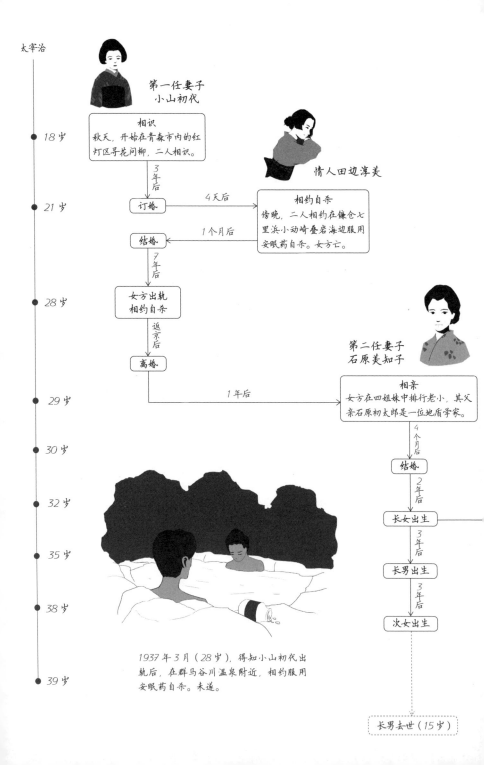

太宰治

第一任妻子
小山初代

18岁

相识
秋天，开始在青森市内的红灯区寻花问柳，二人相识。

情人田边淳美

21岁

订婚

4天后

相约自杀
傍晚，二人相约在镰仓七里浜小动崎叠岩海边服用安眠药自杀。女方亡。

3年后

结婚

1个月后

7年后

28岁

女方出轨
相约自杀

返京后

离婚

第二任妻子
石原美知子

29岁

1年后

相亲
女方在四姐妹中排行老小，其父亲石原初太郎是一位地质学家。

30岁

4个月后

结婚

32岁

2年后

长女出生

35岁

3年后

长男出生

38岁

3年后

次女出生

1937年3月（28岁），得知小山初代出轨后，在群马谷川温泉附近，相约服用安眠药自杀。未遂。

39岁

长男去世（15岁）

附录一：

太宰治情感图

1941 年 9 月（32 岁），接受文学女青年太田静子等人的来访，太田静子第一次来太宰治家做客。

1947 年春（38 岁），在三鹰车站乌冬面摊前与 28 岁的山崎富荣相识。

情人太田静子

3 个月后 ————— 相识 ————— 5 年半后

6 年后

私生女出生
11 月 12 日，女方生下一名女婴。在山崎富荣的房间，为女儿取名治子，并写下认知书。

相识 情人山崎富荣

1 年后

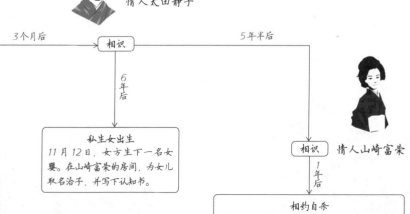

相约自杀
6 月 13 日深夜至 14 日拂晓，二人用和服腰带绑在一起，在玉川上水河投水自杀，二人的木屐整齐地摆放在河岸边。双亡。

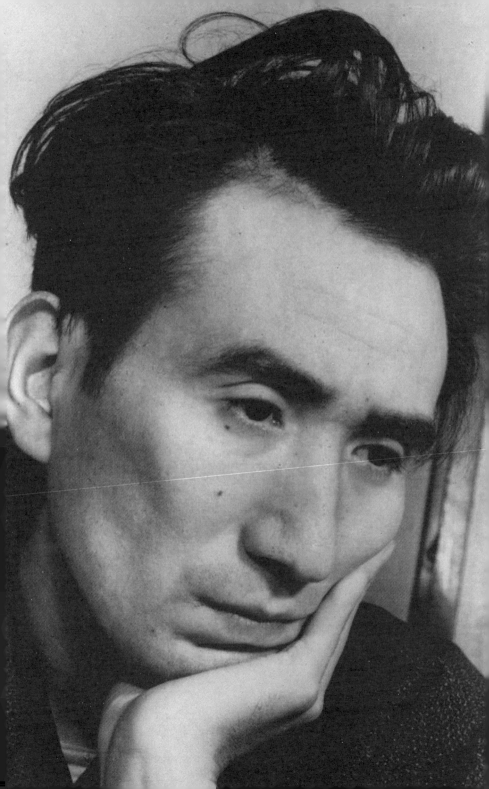

附录二：太宰治年谱①

1909年　诞生

明治四十二年

6月19日，出生于青森县北津轻郡金木村（现在的五所川原市）大字金木字朝日山414番地。本名津岛修治。津岛家是当地屈指可数的大地主和资产家。父亲津岛源右卫门（1871—1923）系津岛家的养子，出生于青森县西津轻郡木造村，原名松木永三郎，是政治家，也是企业家，曾担任青森县议员、日本众议院议员、贵族院议员、金木银行董事长、陆奥铁道社长、青森县农工银行董事等职务，被当地人俗称为"金木老爷"。有兄弟姐妹十一人，排行老十，上有五位哥哥（其中两位夭折）和四位姐姐，下有一位小他三岁的弟弟。因为母亲津岛夕子常年体弱多病，自幼先后由两位保姆和姨妈带大。当时的津岛家是四世同堂，再加上用人，是一个三十多人的大家庭。

---

① 由田原编译。

太宰治老家住所，位于青森县五所川原市。现为太宰治纪念馆。

1910年　1岁 明治四十三年	5月，邻村的近村岳作为保姆住在津岛家，并照顾其5年。
1912年　3岁 明治四十五年	1月，24岁的大姐去世。 5月，父亲当选为众议院议员。此时，迎来了津岛家的黄金时代。
1916年　7岁 大正五年	进入金木第一普通小学。成绩优秀。
1918年　9岁 大正七年	80岁的曾祖母去世。金木村施行镇制。

1922年　13岁 大正十一年	3月，小学毕业。6年间的成绩一直名列前茅。 　4月，按照父亲的意愿，进入邻村的组合立明治高等小学。因过于恶作剧，虽然成绩突出，但"教养品行"科目还是被评价为"乙"。 　5月，大哥津岛文治结婚。 　12月，父亲在多额纳税议员补充选举中，被选为贵族院议员。
1923年　14岁 大正十二年	3月，在东京神田小川町佐野医院接受住院治疗的父亲病逝，享年52岁。 　4月，进入青森县立青森中学（现在的青森高中）。借宿青森市内的丰田太左卫门亲戚家，从第二学期直到毕业，一直担任班长。在学校常常发挥自己的搞笑特长，在同学中颇受欢迎。

青森县立青森中学教学楼

暑假，偶然在三哥圭治从东京带回的同人杂志《世纪》中，读到井伏鳟二的短篇小说《幽闭》，兴奋得坐不住身。

8月，二哥英治结婚。

1925年　16岁
大正十四年

芥川龙之介（1892—1927）

日本著名作家，代表作《罗生门》等。

3月，在《校友会志》上发表《最后的太阁》。热衷于阅读芥川龙之介、菊池宽、泉镜花等作家的作品，当作家的梦想愈加强烈。在同年级同学创刊的同人杂志上发表小说、戏剧剧本和随笔。

8月，与中村贞次郎、阿部合成等同学一起创刊同人杂志《星座》，在只出版了一期的《星座》上发表剧本《虚势》。

10月，大哥文治被选为町长（镇长），以笔名辻魔首氏在《校友会志》上发表《角力》。

11月，召集热爱文学的同学，创刊同人杂志《海市蜃楼》并担任主编，发表《温泉》《牺牲》《地图》等作品。《海市蜃楼》共出版了12期。

1926年　17岁
大正十五年

在《海市蜃楼》发表《侏儒乐》《癌》《将军》《佝偻》《怪谈》《摩洛哥小景》等。醉心于芥川龙之介。为暗恋上家中的女佣而苦恼。

4月，三姐津岛蓝结婚。

9月，与回到老家的三哥创刊同人杂志《青椒》，发表《口红》。这时更多使用的笔名为辻岛众二。

1927年　18岁
昭和二年

为准备高考，停办《海市蜃楼》。

3月，从五年制的中学提前一年毕业，总成绩在全年级名列前四。

4月，进入国立弘前高中文科甲类（英语），因体弱多病被允许不住学校宿舍，借宿亲戚藤田丰三郎家。

5月，去听芥川龙之介在青森市的演讲，演讲题目为《夏目漱石》。

7月，惊闻芥川龙之介服用安眠药自杀，受到极大冲击。

秋天，与15岁的艺妓小山初代相识。大哥辞去町长，当选为县会议员。

这一年，若干年后成为武装共产党中央委员长的田中清玄，毕业于弘前高中的文科乙类专业。在校内，成为田中清玄组织的社会科学研究会成员。

第一任妻子小山初代

1928年　19岁
昭和三年

学习成绩急剧下降。

5月，受同年级同学上田重彦创作的刺激，个人创刊同人杂志《细胞文艺》，以笔名辻岛众二，发表长篇小说《无间奈落》等。9月休刊前出版的四期杂志中，发表过井伏鳟二、船桥圣一等活跃在文坛第一线的知名作家的约稿作品。

6月，四姐结婚。

10月，参加同人杂志《猎骑兵》。

12月，加入马克思主义者上田重彦的新闻杂志部委员阵营，该新闻杂志部是校内左翼人士的主要据点。

《细胞文艺》创刊号，
封面创意来自太宰治。

1929年　20岁
昭和四年

太宰治（右一）与第一任
妻子小山初代（左一）同
朋友们的合影

1月，在青森中学上学的弟弟礼治因败血症急逝，享年18岁。

2月，弘前高中铃木校长因擅自动用学校公款被发觉，新闻杂志部成员动员全校师生罢课，获得成功，校长被赶下台。在《弘前新闻》和县内的其他同人杂志上，发表具有无产阶级文学色彩的作品《一代地主》，以笔名小菅银吉、大藤熊太等发表《铃虫》《哀蚊》《虎彻宵话》等作品。频繁与艺妓小山初代见面。

11月，为自己大地主的家庭出身而苦恼，服用安眠药自杀未遂。

12月10日，第二学期考试的前一晚，在借宿处大量服用安眠药，陷入昏睡。11日中午前，附近的医生赶来抢救。下午恢复意识。之后被母亲带往大鳄温泉静养。

1930年　21岁
昭和五年

东京帝国大学

1月，校内的左翼分子被弘前警察局逮捕。上田重彦等三名同学临毕业前被开除。新闻杂志部被解散，《校友会志》被无限期停刊。

3月，从弘前高中毕业。

4月，考入东京帝国大学（现在的东京大学）文学部法国文学系，住在高田马场附近的学生宿舍常盘馆。

5月，高中学长工藤永藏来访，加入共产党地下组织。

6月，三哥圭治因结核性膀胱炎病故，享年28岁。

7月，在青森县内同人杂志《坐标》连载《学生群》，11月中断。

10月，与逃奔到东京的小山初代相聚。大哥也随

情人田边淳美

之而至，强烈反对其跟艺妓的婚事，将分家除籍（另立门户，从津岛家的户籍中迁出）作为附加条件，才同意婚事。

11月，被分家除籍。24日，与小山初代正式订婚。28日，在政治活动中得知大哥提出分家除籍的真相，傍晚与银座一家酒吧的女店员田边淳美，相约在镰仓七里浜小动崎叠岩海边服用安眠药自杀。女方死亡，自己存活。被指控为自杀协助罪，后在大哥的奔走下，被判为缓期起诉。

12月，与小山初代在碇关温泉举办临时婚礼。

是年，初次在东京与作家、诗人井伏鳟二见面，并视其为自己终生的文学良师。

1931年　22岁
昭和六年

2月，开始与小山初代在东京品川区五反田租房同居。继续参加左翼运动。为了隐蔽和自身的安全，听从学长的劝说，先后搬往东京神田同朋町、和泉町等地居住。

是年，沉醉于俳句写作，俳号为朱麟堂。

1932年　23岁
昭和七年

出于对来自组织的各种指示和警察的恐惧，不停搬家，先后在柏木、八丁堀、白金三光町居住。

6月，初闻小山初代同居以前的过失，备受震惊。

7月，由于参加东京的地下组织等，被青森警察局要求自首，在大哥的陪伴下，自首并接受调查。之后，脱离地下组织活动。

8月，跟初代一起到静冈县静浦村的坂部启次郎家逗留一个月。

12月，到青森检察局自首。完全脱离政治运动。

1933年　24岁
昭和八年

井伏鳟二（1898—1993）

日本小说家，代表作《今日停诊》等。

2月，搬往杉并区天沼三丁目居住。与古谷纲武、木山捷平、今官一等共同创刊同人杂志《海豹》，并发表《鱼服记》等。分别在《东奥日报》附录《周日东奥》发表《列车》，在《海豹通信》发表《乡下人》，首次使用笔名太宰治。

7月，与檀一雄、伊马鹈平、中村地平、小山祐士等认识。

12月，因不能毕业而留级，恳求大哥寄钱不要一再延期，大哥得知没有希望毕业时，勃然大怒。

是年，频繁出入井伏鳟二的家。

1934年　25岁
昭和九年

4月，在古谷纲武、檀一雄主编同人杂志季刊《鹬》发表《叶子》等作品。

7月，在《鹬》发表《猿面冠者》等作品。

夏天，在静冈三岛市坂部武郎的家逗留近一个月，开始创作《罗马风格》。

10月，在同人杂志《世纪》（外村繁、中谷孝雄、尾崎一雄等创刊）发表《他已非昔日的他》。

12月，与津村信夫、中原中也、山岸外史、今官

一、小野正文、伊马鹈平、木山捷平等创办同人杂志《青花》，发表《罗马风格》。

1935年　26岁
昭和十年

青空文库版《逆行》封面

川端康成（1899—1972）
———————
日本文学界"泰斗级"人物，代表作《雪国》等。

2月，在《文艺》杂志发表《逆行》。

3月，大学未能毕业，参加东京新闻报社新职员募集考试，落榜。中旬，赴镰仓山上吊，自杀未遂。加入日本浪漫流派。

4月，由盲肠炎并发腹膜炎，住进东京杉并区佐谷筱原医院，后又转院到世田谷经堂医院，疗养到夏天。为了止痛，开始注射麻醉性镇静剂，渐渐成瘾。

7月，搬入千叶县船桥市居住。在《文艺》杂志发表的小说《逆行》入围首届芥川奖。

8月，《逆行》获得芥川奖次席（该奖的首席奖为石川达三的《苍茫》）。拜访佐藤春夫，并视其为自己的良师。

9月，在《文学界》发表《猿岛》。因未交学费，被东京大学开除。

10月，在《文艺春秋》发表《你这样不行》。在9月号《文艺春秋》上读到芥川奖评委川端康成发表的评选感言："他当下的生活中，总有厌烦的云雾，使其愤懑与才华无法尽情发挥。"对川端康成的评价极为愤怒，于《文艺通信》发表反驳文章："我怒火中烧，数夜辗转难眠。养着小鸟（对川端康成短篇小说《禽兽》的讽刺），欣赏舞蹈就是什么高雅的生活吗？我甚至想捅他一刀，简直就是一个十恶不赦的无赖。"川端康成看到反驳文章后，写道："不要做毫无根据的妄想和猜

田中英光（1913—1949）

日本小说家，代表作《奥林匹斯之果》等。

疑。……如果说生活中总有厌烦的云雾云云，也算是出言不逊的话，那我便干脆地收回。"此时，为镇静剂中毒症苦恼。在《帝国大学新闻》发表《盗贼》。

12月，在《新潮》发表《地球图》。随笔系列开始在《日本浪漫派》连载。赴汤河原、箱根旅行。

是年，开始与田中英光书信往来。

1936年　27岁
昭和十一年

1月，在《新潮》发表《盲人草纸》。《思考的芦苇》分散发表于多家杂志。在《日本浪漫派》连载《碧眼托钵》。

2月，为了治疗镇静剂中毒症，经佐藤春夫介绍，住进济生会芝医院，没等完全治愈便出院。2月26日，发生"二二六"事件，保皇派青年将校发动武装政变，暗杀内务大臣齐藤实、财政部长高桥是清、教育总监渡边锭太郎，包围国会。翌日被镇压，政变将校大半被处以死刑。这一事件造成不小的心灵冲击。在砂子屋书房出版第一本作品集《晚年》。

砂子屋书房版《晚年》封面

4月，在《文艺》杂志发表《阴火》。

5月，在《若草》杂志发表《关于雌性》。

7月，在上野精养轩举办《晚年》出版纪念会。

8月，为治疗中毒症和肺病，赴群马县谷川温泉，得知又落选第三届芥川奖，备受打击。

10月，听从井伏鳟二的劝说，在东京江古田武藏野医院住院一个月接受治疗，住院期间，妻子小山初代出轨。《创生记》发表于《新潮》，《狂言之神》发表于《东阳》杂志。

11 月，中毒症治愈出院。跟大哥面谈，每个月 90 元的生活费分三次寄给井伏鳟二，由其转交。搬往杉并区天沼的碧云庄。

1937年　28岁
昭和十二年

1 月，在《改造》杂志发表《二十世纪旗手》。

3 月，得知小山初代与津岛家的亲戚、学习绘画的学生小馆善四郎有染，与初代在群马县谷川温泉附近服用安眠药自杀未遂，返京后离婚。

4 月，在《新潮》发表 HUMAN LOST（《人间失落》）。

5 月，大哥文治当选众议院议员，后被揭发违反选举法辞退。

6 月，在新潮社出版《虚构的彷徨、通俗之物》。

7 月，在版画庄文库出版《二十世纪旗手》，10 月，在《若草》杂志发表《灯笼》。

是年，日本发动侵华战争。

群马县谷川温泉

1938年　29岁 昭和十三年	进入写作的萧条期，约稿骤减。心情低落，精神颓靡之时，一桩婚事带来希望。 7月，井伏鳟二提亲一事，成为文风由灰暗转向明朗的契机。 9月，在《文笔》杂志发表《满愿》。9月，赴井伏鳟二逗留的山梨县南都留郡川口（现在的河口湖町）的天下茶屋，专心致力于长篇《火鸟》写作，最终未完成。18日，与媒人井伏鳟二一起造访石原家，与石原美知子见面相亲，美知子在四姐妹中排行老小，其父亲石原初太郎是一位地质学家。 10月，在《新潮》发表《姥舍》。 11月，去石原家跟美知子的父母汇报订婚事宜。

第二任妻子石原美知子

1939年　30岁 昭和十四年	1月8日，在东京杉并区清水町井伏鳟二的家，与石原美知子举办简易的婚礼，证婚人为井伏夫妇。之后搬往山梨县甲府市御崎町56番地，开始新婚生活。在平静的生活中，洗心革面，专心致志地力图通过写作挽回浪费的时间和弥补此前的罪恶。 2月，在《若草》发表 *I can speak*（《我可以讲》）。在《文体》发表《富岳百景》。 3月，在《国民新闻》发表短篇小说《黄金风景》，这也是一篇参选《国民新闻》举办的全国小说大奖赛作品，获奖，得50元奖金。 4月，在《文学界》发表《女生徒》。在《文艺》发表《懒惰的歌留多》。 5月，在松竹书房出版《关于爱和美》。

与石原美知子的婚后住所

6月，跟美知子去信州（长野县）旅行。在《若草》发表《叶樱与魔笛》。用获奖奖金偕妇人、岳母、小姨子，到三保、修缮寺、三岛等地旅行。

7月，《女生徒》在砂子屋书房出版。这部小说获得翌年第四届北村透谷纪念文学奖（该奖的首席奖是萩原朔太郎的《归乡》）。在《新潮》发表《八十八夜》。

9月，搬往东京府下三鹰村下连雀113番地。第二次世界大战全面爆发。

10月，在《月刊文章》发表《美少女》。在《文学者》发表《畜犬谈》。在《若草》发表《啊，秋天》。在《妇人画报》发表《爱打扮的童子》。在《文学界》发表《皮肤与心》等。

**1940年　31岁
昭和十五年**

确立新晋作家的地位，发表作品剧增。

1月，开始在《月刊文章》连载长篇《女人的决斗》。在《新潮》发表《俗天使》。在《妇人画报》发表《哥哥们》。在《知性》发表《海鸥》。在《文艺日本》发表《春的盗贼》等。

2月，在《中央公论》发表《越级起诉》。

3月，田中英光来访，被其视为终生良师。

4月，松竹书房出版《皮肤与心》。跟井伏鳟二、伊马鹈平到群马县四万温泉旅行。

5月，在《新潮》发表《奔跑吧，梅勒斯》。

6月，单行本《回忆》《女人的决斗》分别由人文书院、河出书房出版。

7月，独自入住伊豆汤野福田屋旅馆，开始创作

伊豆汤野福田屋旅馆

《东京八景》。归途，与前来送旅馆费用的妻子美知子一起，顺道拜访在谷津温泉附近钓鱼的井伏鳟二和龟井胜一郎时，遭遇洪水。

8月，《金木乡土史》由金木镇政府出版。

11月，在《新潮》发表《蝈蝈》。青年女作家小山清来访，被其视为终生良师。

是年，先后在东京商业大学、新潟高等学校等地演讲。发表大量随笔。出席第一届"阿佐谷会"（中央线沿线在住文士亲睦会），后成为常客。

1941年　32岁
昭和十六年

1月，在《文学界》发表《东京八景》。在《知性》发表《猫头鹰》。在《公论》发表《佐渡》。在《新潮》发表《清贫谭》。跟夫人美知子去伊东旅行。1月1日在《西北新报》、1月10日在《月刊东奥》分别发表关乎故乡的文章《五所川原》和《青森》。

2月，开始创作被搁置的长篇《新哈姆雷特》，5月完成，7月由文艺春秋社作为单行本出版。

5月，实业之日本社出版《东京八景》。

6月，长女园子诞生。

7月，去附近的牙科医院治疗牙齿。

8月，在北芳四郎的劝说下，回到阔别十年的故乡金木町，看望生病的母亲。因为被除籍，夜宿五所川原的姑母家。筑摩书房出版《千代女》。

9月，接受文学女青年太田静子等人的来访，太田静子第一次来家做客。

11月，因胸部疾患，被免去军需征用。

情人太田静子

12月，借来弟子堤重久弟弟的四册日记，在此基础上完成长篇《正义与微笑》。12月8日，日本偷袭珍珠港，太平洋战争爆发。

1942年　33岁
昭和十七年

1月，300本限定版《越级起诉》由月曜庄社出版。

2月至3月，在甲府市外的汤村温泉奥多摩御狱站前的旅馆改写《正义与微笑》，6月由锦城出版社出版。

4月，短篇小说集《风的来信》（收录了《新郎》《谁》《畜犬谈》《海鸥》《猿面冠者》《律子和贞子》《地球图》等）由利根书房出版。

5月，在《创造》发表《水仙》。

6月末，常常接到点名征兵通知，为突击训练和背诵军人告谕而苦恼。在博文馆出版《女性》。

10月，在《文艺》发表《烟花》，因部分内容被政府认为不利于当前局势，要求删掉大部分章节。在《八云》发表《归去来》。下旬，母亲病重，偕夫人和女儿回老家探望。

11月，文藻集《信天翁》由昭南书房出版。

12月，在热海跟井伏鳟二一起旅行时，得悉母亲病危，一人回乡。10日，母亲去世，享年69岁。在《现代文学》发表《禁酒之心》。

中年时期的太宰治

1943年　34岁
昭和十八年

1月，《富岳百景》被新潮社列入系列"昭和名作选集"中的一册出版，重新撰写序言。在《文学界》发表《黄村先生言行录》。在《新潮》发表《故乡》。中旬，为祭拜亡母五七法事，偕夫人归乡。为樱冈孝治的《马来日记》写序。

3月，在夫人甲府的老家完成长篇《右大臣实朝》，9月由锦城出版社出版。

4月，为友人盐月赳的婚礼做证婚人。

6月，《花吹雪》寄给《改造》，未被刊用。

10月，先后在《文库》《文艺世纪》发表《作家手帖》和《不审庵》。完成《云雀之声》写作，审查未通过延期，与小山书店协商。翌年，这部作品终于获得出版许可，就要在印刷厂印制时，印刷厂遭到空袭，书稿毁于一旦。

1944年　35岁
昭和十九年

小山书店版《津轻》封面

1月，分别在《改造》《新潮》杂志发表《佳日》和《新释诸国故事》。出席文学报国会小说部协议会。欣然同意东宝电影公司把《佳日》拍成电影。与剧本作家八木隆一郎等在热海讨论由《佳日》改写为《四次婚姻》的电影剧本。归途，拜访神奈川县下曾我村的太田静子。根据内阁情报局和日本文学报国会的指示，受将大东亚五大宣言小说化的委托，决定创作一直构想的鲁迅传记，开始研究鲁迅。

3月，在《新若人》发表《散花》。

5月，在《少女之友》发表《雪夜之语》。在《文艺》杂志发表《义理》。为撰写小山书店策划的系列丛书"新风土记丛书"的一册《津轻》，5月12日从东京返回故乡，直至6月5日，走访津轻地区。《奇缘》寄给了当时在中国（满洲）发行的杂志《满洲良男》，下落不明。

7月，写完《津轻》，11月由小山书店出版。第一任妻子小山初代病死在青岛，享年32岁。

8月，长男津岛正树出生（先天性唐氏综合征患者，15岁病逝）。《佳日》由肇书房出版。

12月，赴仙台调查和收集鲁迅在仙台医学专门学校留学时的情况。为创作《惜别》做准备。

1945年　36岁
昭和二十年

1月，《新释诸国故事》由生活社出版。

2月，写完鲁迅传记《惜别》，9月由朝日新闻社出版。

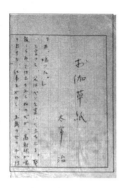

《御伽草纸》手稿

3月，在空袭警报声中创作《御伽草纸》，6月脱稿。下旬让夫人和孩子疏散到甲府（夫人娘家）。

4月，三鹰的家遭到空袭，疏散到甲府夫人的娘家。在疏散地甲府，跟井伏鳟二、大江满雄以及《中部文学》同人交流。

5月，甲府遭受空袭越来越激烈，下旬将重要书籍和一些物件搬入市外的千代田村。

7月，甲府遭受燃烧弹空袭，夫人家全部烧毁。暂时在甲府新柳町山梨高工大教授大内勇家避难。28日，携妻子经由东京回津轻老家，31日抵达。这期间，写完《御伽草纸》，10月由筑摩书房出版。

8月，田中英光来访。15日，在老家听到昭和天皇宣读的投降诏书。

10月，在《河北新报》连载《潘多拉的盒子》。

11月，四姐病逝。

1946年　37岁
昭和二十一年

受邀参加各种座谈会。

1月，分别在《新小说》《新风》杂志发表《庭院》和《父母这两个字》。

2月，在《新潮》发表《谎言》。在创刊号《妇人朝日》发表《货币》。在《月刊读卖》发表《无可奈何》。写完第一个喜剧剧本《冬日烟花》，发表于6月号《展望》杂志。

4月，大哥文治在战后第一次选举中，当选为众议院议员。在《文化展望》创刊号发表《十五年间》。芥川龙之介的长男芥川比吕志来访，征求《新哈姆雷特》在思想座剧场上演许可。

6月，长男正树患急性肺炎，生死一线间。在《新文艺》发表《苦恼的年鉴》。

7月4日，祖母去世，享年89岁。先后在《艺术》《文学通信》杂志发表《机会》与《大海》。剧本《春日枯叶》第二部发于《人间》杂志。

10月，在《思潮》发表《云雀》。

11月，离开老家金木町，回到东京三鹰家中。实际上，在故乡等地的疏散生活已经有一年半之久。同月，在《东北文学》发表《失踪的人》。单行本《微光》由新纪元社出版。

12月，在《新潮》发表《亲友交欢》。在《改造》发表《男女同权》。同月，预定被搬上舞台的《冬日烟花》遭到麦克阿瑟司令部的反对，被迫中止。

1947年　38岁
昭和二十二年

1月，太田静子来访。在《群像》《中央公论》等发表作品。出席34岁急死于肺结核的织田作之助的葬礼，在《东京新闻》发表《织田君之死》。29日，为曾同居过的、前往北海道夕张炭矿的小山清送行。

2月，去田中英光的疏散地伊豆三津浜旅行。归途顺道拜访神奈川县下曾我村的太田静子，在大雄山庄逗留五日。借来静子的日记，在三津浜安田屋旅馆逗留到3月上旬，写完《斜阳》的前两章。在《新潮》发表《母亲》。在《展望》发表《维庸之妻》。

《斜阳》手稿

情人山崎富荣

热海美景

3月，二女儿里子出生，也就是日后的日本战后重要女作家之一津岛佑子（2016年2月18日去世）。

这一年春，在三鹰车站乌冬面摊前与28岁的山崎富荣相识。

4月，在《人间》发表《父亲》。在创刊号《日本小说》发表《女神》。大哥文治当选青森县知事（连续三期共担任知事9年）。

5月，《春日枯叶》的广播剧被NHK第二广播电台播出。

6月末，写完《斜阳》，在《新潮》连载（7月号至10月号）。中央公论社出版《冬日烟花》，筑摩书房出版《维庸之妻》。为失眠症苦恼。

7月，《潘多拉的盒子》被改编成电影《护士日记》放映。

8月，居家养病。

9月，跟山崎富荣一起去热海旅行。把工作室搬往山崎富荣的房间。

10月，在《改造》发表《分娩》。在《小说新潮》发表随笔《话说我的半生》。

这一年秋天，八云书店提议出版太宰治全集，为准备工作忙碌。

11月，太田静子为其生下一个女儿；在山崎富荣的房间，为女儿取名治子（即活跃在当下的作家太田治子），并写下认知书。在朝日新闻发表《小生》。

12月，《斜阳》在新潮社出版，成为畅销书。

是年，崭露头角的批评家、诗人吉本隆明看完《冬日烟花》后，为征求上演权专门登门拜访。在短暂的交谈中，问吉本隆明："对你来说男人的本质是什么？"见吉本支支吾吾未能答出，便对吉本说："男性的本质就是对女性的温柔。"

1948年　39岁
昭和二十三年

《人间失格》手稿

1月上旬，肺结核恶化，咯血。分别在《中央公论》《光》《地上》等杂志发表《犯人》《饡应夫人》《酒的追忆》等。

2月，《春日枯叶》作为俳优座创作剧研究会第一次公演在每日会馆上演，著名表演家千田是也主演。3月，《太宰治随想集》由若草书房出版。《美男子与香烟》发表于《日本小说》，《眉山》发表于《小说新潮》。《如是我闻》开始在《新潮》连载。

3月7日，在筑摩书房社长古田晁的安排下，去热海市起云阁别馆闭关创作《人间失格》，写完《第二手记》。

新潮社版 *Good-bye* 封面

4 月，返回三鹰的工作室继续创作《人间失格》，4 月 29 日至 5 月 12 日，在大宫市大门町三丁目小野泽清澄（天妇罗"天清"餐馆老板）家二楼写完。《展望》6 月号发表《第二手记》为止，剩余的章节发表于死后。八云书店出版《太宰治全集》第一卷《虚构的彷徨》。《渡鸟》发表于 4 月号《群像》。《女类》发表于 4 月号《八云》杂志。

5 月，在《世界》杂志发表《樱桃》。开始创作在朝日新闻连载的小说 *Good-bye*（《再见》），这个长篇作品的题目日后竟成为其与世界诀别的谶语。此时，身体极度疲劳，常常咯血。

6 月 13 日深夜至 14 日拂晓，跟山崎富荣用和服腰带将两个人绑在一起，在玉川上水河投水自杀，两个人的木屐整齐地摆放在河岸边。14 日，为妻子和孩子留下的遗书和玩具，以及为友人鹤卷幸之助、伊马春部等留下的遗物和短歌被发现。*Good-bye* 等作品的校样完好无缺地留在工作室。在雨水连连中搜寻数日，终于在 19 日找到了

遗体（巧合的是，这一天正好是太宰治的生日）。捞上岸后，死亡推定日期为 14 日凌晨。验尸后送往堀之内火葬场火化。21 日，举办葬礼（在太宰治家），丰岛与志雄担任葬礼委员会会长，井伏鳟二为副会长。有多数作家和出版界的人士参加。

7 月 18 日，葬于三鹰市下连雀的黄檗宗禅林寺。法名为：文彩院大猷治通居士。

翌年之后的每一年，在发现遗体的 6 月 19 日，先辈、友人、熟人、读者等会聚一堂，与遗族一起追思故人。这一天被命名为"樱桃忌"。

1949年
昭和二十四年

6 月，墓碑立在最崇敬的一代文豪森鸥外的墓前。墓碑的正面，镌刻着井伏鳟二挥毫写下的三个大字"太宰治"。

年表绘图：杨启一

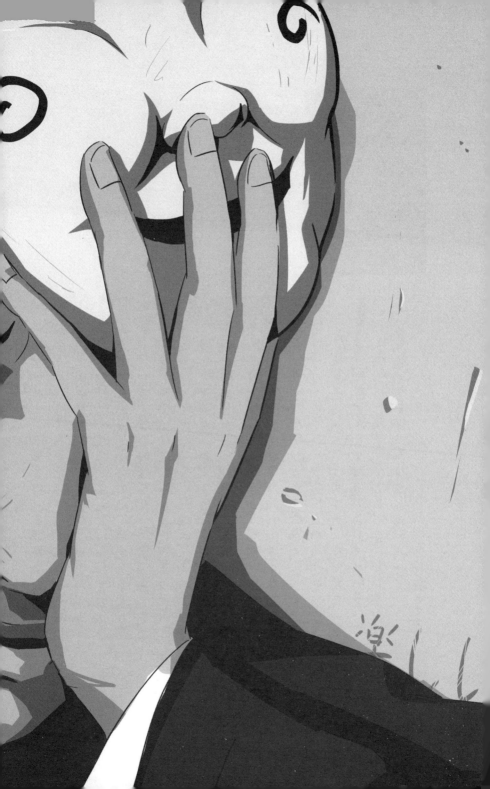

私が初めて「人間失格」を読んでからもう
四十年以上の年月がたってしまった。母も若
い頃この小説を読んだそうだ。今読みかえし
てみると印象が違う。主人公は金持ちの家に
生まれ頭も容姿もいいのに、自分自身を心底
恥じている。今の時代なら、「劣等感を持つ
ことはよくないからセラピーに行きなさい」
と言われてしまうかもしれない。でも劣等感
を持つのは本当によくないことだろうか。人
間や人間社会を鋭く観察できる人なら、人間
である自分が恥かしくなって当前ではないの
か。主人公は実は自分の内的世界では王者で
ある。外部の人間がそれを知ったら、競争社
会にひきずり出され、たたきのめされる。そ
うならないように外に向けては道化を演じ続
ける。弱者と思えば故っておいてくれる。こ
れは独裁制や競争社会で芸術家が我が身を守
る有効な方向なのではないかと思う。

多和田葉子

从我第一次读《人间失格》，已经过了四十多个年头。我母亲在她年轻的时候也读过这部小说。我现在试着重读，印象大不一样。主人公出身富裕家庭，头脑聪明且模样俊美，却从心底对自己感到羞耻。现在这个时代，或许会被说："有自卑感可不是好事情，快去治病吧。"但自卑感真的不好吗？如果是能够敏锐地观察人类和人类社会的人的话，对身为人类的自己感到羞耻，不是理所当然的吗？主人公实际上是自己内心世界的王者。万一这一点被局外人知晓，主人公就会被拖入竞争激烈的社会中，遭到猛烈的抨击。为了摆脱这种状况，他对外继续扮演小丑。弱者总是容易被忽略。我认为这是艺术家在独裁和竞争社会中保护自己的有效方式。

　　—— 多和田叶子　日本著名作家，第108届芥川奖得主

羞恥心は、孤独よりも耐え難い。
けれども、何も言う必要はない。
この一冊が、あなたの気持を代弁してくれるから。

平野 啓一郎

羞耻心比孤独更难以忍受。

但不必言说。

因为这本书就是你的代言人。

—— 平野启一郎　日本著名作家，第120届芥川奖得主

田原訳の太宰治が
読めるなんて、
中国の読者が心底羨ましい！

この毒気に
あてられるか、惚れこむか。
それはあなた次第。

能读到太宰治的田原版中译本的中国读者，

真让人羡慕啊！

读完中毒还是陶醉？

这取决于你。

—— 中岛京子　日本著名作家，第143届直木奖得主

田原訳の太宰治!!
ちょー読みたいので、中国語
勉強しますよ。

『人間失格』が
田原節で!!
中国の読者がうらやましい〜。
　　　阿部公彦

为了阅读田原翻译的太宰治，

我会努力学习中文。

很羡慕能读到《人间失格》田原译本的中国读者。

—— 阿部公彦 日本东京大学教授

诗人、译者 | 田 原

知名旅日诗人，翻译家，华文诗歌奖、日本 H 氏
诗歌大奖得主。

1965 年生于河南漯河，90 年代初赴日留学，现为
日本城西国际大学教授。

2010 年获日本"H 氏诗歌大奖"，2013 年获上海
文学奖，2015 年获海外华文杰出诗人奖。个人作
品被翻译成英、德、法、意等十多种语言，出版
有英语、韩语和蒙古语版诗选集。

2019 年全新译作《人间失格》，入选"作家榜经
典名著"。

主要作品年表

汉语诗集

1988 年　《采撷于北方》

1994 年　《天理之神》

2007 年　《田原诗选》

2015 年　《梦蛇——田园诗集》

日语著作

2004 年　《于是，岸诞生了》、《中国新生代诗人诗选》（编著）

2005 年　《谷川俊太郎诗选集（第 1—3 卷）》（编著）

2009 年　《石头的记忆》

2010 年　《我的心很小——谷川俊太郎爱情诗选》（编著）、《谷川俊太郎论》

2012 年　《田原诗集·现代诗文库》

2015 年　《梦之蛇》

2016 年　《谷川俊太郎诗选集（第 4 卷）》（编著）

2019 年　《双语诗人的诗学》

2021 年　《百代的俳句》《诗人和母亲》

译著作品

2002 年　《死去的历史遗留下的东西——谷川俊太郎诗选》

2004 年　《谷川俊太郎诗选》

2005 年　《异邦人——辻井乔诗选》

2006 年　《定义——谷川俊太郎诗选》

2010 年　《春的临终——谷川俊太郎诗歌选》

2011 年　《海的比喻——谷川俊太郎诗选》

2012 年　《天空——谷川俊太郎诗选》

2013 年　《小鸟在天空消失的日子——谷川俊太郎诗选》

2016 年　《二十亿光年的孤独》

2017 年　《我——谷川俊太郎诗集》

2018 年　《金子美铃全集》《三万年前的星空》

2019 年　《人间失格》

2024 年　《今日有点沉思》

2024 年　《人间失格》（30 万册典藏版）

作家榜®经典名著

★ ★ ★ ★ ★ ★ ★ ★ ★

读经典名著，认准作家榜

作家榜是中国知名文化品牌，母公司大星文化总部位于中国上海市。自 2006 年创立至今，作家榜始终致力于"推广全球经典，促进全民阅读"，曾连续 13 年发布作家富豪榜系列榜单，源源不断将不同领域的写作者推向公众视野，引发海内外媒体对华语文学的空前关注。

旗下图书品牌"作家榜经典名著"，精选经典中的经典，由优秀诗人、作家、学者参与翻译，世界各地艺术家、插画师参与插图创作，策划发行了数百部有口皆碑、畅销全网的中外名著，成功助力无数中国家庭爱上阅读。如今，"集齐作家榜经典名著"已成为越来越多阅读爱好者的共同心愿。

作家榜除了让经典名著图书在新一代读者中流行起来，2023 年还推出了备受青睐的"作家榜文创"系列产品，通过持续创新让经典名著 IP 融入到人们的日常生活中。

名著就读作家榜
京东官方旗舰店

名著就读作家榜
天猫官方旗舰店

名著就读作家榜
当当官方旗舰店

名著就读作家榜
拼多多旗舰店

策 划 ｜ 作家榜®

出 品

出 品 人 ｜ 吴怀尧

产品经理 ｜ 谌 毓 孙 睿

特约校对 ｜ 施继勇

美术编辑 ｜ 李柳燕

内文绘图 ｜ 李宁浪

封面设计 ｜ 邵 飞

特约印制 ｜ 朱 毓

版权所有 ｜ 大星文化

官方电话 ｜ 021-60839180

图书在版编目（CIP）数据

人间失格 / （日）太宰治著；田原译. -- 杭州：
浙江文艺出版社，2024. 9. --（作家榜经典名著）.
ISBN 978-7-5339-7706-1

Ⅰ. I313.45

中国国家版本馆CIP数据核字第2024AQ1785号

责任编辑：罗　艺

"作家榜"及其相关品牌标识是大星文化已注册
或注册中的商标。未经许可，不得擅用，侵权必究。

人间失格

[日]太宰治　著　田原　译

全案策划

大星（上海）文化传媒有限公司

出版发行

浙江文艺出版社

杭州市环城北路177号　邮编 310003

浙江省新华书店集团有限公司 经销

浙江新华数码印务有限公司 印刷

2024年9月第1版　2024年9月第1次印刷
787毫米×1092毫米　32开本　5.875印张　2插页
印数：1—15000　字数：114千字
书号：ISBN 978-7-5339-7706-1

定价：45.00元